REGNE DELS GELS ETERNS
POBLE
ALTIPLÀ ORIENTAL
RESPIR DEL MÓN
GRANS VOLCANS
LES SENTINELLES

Princeses del Regne de la Fantasia

1

Textos de Tea Stilton
*Col·laboració editorial d'*Elena Peduzzi
Disseny original de les Princeses del Regne de la Fantasia de Silvia Bigolin
Il·lustracions de Silvia Bigolin
Il·lustracions d'Els secrets de Nives de Silvia Fusetti
amb la col·laboració de Silvia Bigolin
Mapa de Carlotta Casalino
Coberta de Iacopo Bruno
Sobrecoberta de Silvia Bigolin *i* Stefano Scagni
Projecte gràfic, impaginació interna de Marta Lorini
Títol original: *Principessa dei Ghiacci*

Estrella Polar, Peu de la Creu 4, 08001 Barcelona
www.estrellapolar.cat
info@estrellapolar.cat

Primera edició: novembre del 2010
Segona edició: març del 2011
ISBN: 978-84-9932-231-5
Dipòsit legal: B. 10.648-2011
Fotocomposició: Víctor Igual, s.l.
Impressió: Egedsa
Imprès a Espanya – Printed in Spain

Tea Stilton

La PRINCESA dels GELS

Estrella Polar

Personatges

PRINCESA NIVES
És la princesa del Regne dels Gels Eterns. Li ha arribat el moment de casar-se i convertir-se en reina.

COMTESSA BERGLIND
És la vella tia de Nives, que a vegades és molt severa, però que només vol el millor per a la seva neboda.

ARLA I ERLA
Són les cuineres del castell d'Arcàndida. Són germanes, tossudes i segures d'elles mateixes. Discuteixen gairebé per tot.

GUNNAR
El llop blanc més gran del regne i el cap de seguretat d'Arcàndida. Els seus ulls grossos i magnètics no mostren mai les emocions.

HALDORR
És el bibliotecari d'Arcàndida. Apassionat per l'estudi, és un punt de referència per a tota la cort.

Helgi

És el jardiner de palau, l'únic que va conèixer el pare de Nives, el Rei Savi.

Olafur

És el majordom d'Arcàndida. Sempre va impecable i no perd mai el control de la situació.

Thina i Tallia

Són les cosines de Nives. Tallia és la més petita i espavilada. Thina, més reflexiva i madura, té uns ulls grossos i profunds.

Calengol

Ésser a mig camí entre un gnom i un elf, és el principal enemic de Nives i de tota la cort d'Arcàndida.

Príncep Herbert de Lom

El príncep de la Terra de Lom és el promès de Nives. Ben aviat mostrarà la seva naturalesa misteriosa.

Veniu amb mi.

Voldria dur-vos a un lloc molt llunyà...

Vull viatjar amb vosaltres fins a la terra dels Cinc Regnes, justament aquí, ho veieu? Als límits més llunyans del Regne de la Fantasia... encara que la Fantasia, de límits, no en té.

Però mireu-vos el mapa. Aquí el tenim. Aquest és el Regne dels Gels Eterns.

De fet, és una terra freda, inhòspita, de la qual ningú no coneix gaire bé la geografia.

Potser no és el millor lloc per començar, però per alguna banda calia fer-ho.

No us ho puc revelar tot de cop. Heu de fiar-vos de mi. Cal que anem pas a pas. Hem de conèixer molts personatges, visitar uns llocs increïbles i descobrir molts secrets.

Ens sorprendran, creieu-me. Heu de tenir una mica de paciència... perquè abans de començar aquest viatge, cal que sapigueu algunes coses.

La primera d'unes quantes és que, antigament, el Regne dels Gels Eterns formava part d'un regne més gran anomenat el Gran Regne, que era governat per un únic sobirà: el Vell Rei.

Era un mag profundament malvat i tots els pobles del regne eren víctimes de la seva crueltat i de la dels seus homes.

Molts anys abans que comencés aquesta història, un dels cavallers es va rebel·lar contra el Vell Rei. S'hi va enfrontar, el va vèncer i li va prendre el lloc. El cavaller era bona persona i va decidir perdonar la vida al tirà.

El va adormir, tant a ell com als seus consellers, amb un dels seus encanteris. El palau del Vell Rei es va partir en dos i una de les parts, la Roca de la Son, es va allunyar del Gran Regne i es va convertir en una illa.

En diuen l'Illa Errant, i és gairebé una llegenda, encara que molts mariners del Mar dels Camins asseguren haver-la vista. Però, ja se sap, no ens podem creure totes les històries dels mariners.

Després d'haver adormit el Vell Rei i la seva cort, el cavaller va dividir el Gran Regne en cinc parts diferents: el Regne dels Gels Eterns, el Regne dels Coralls, el Regne de la Sorra, el Regne dels Boscos i, per acabar, el Regne de la Terra Profunda. Aleshores en va confiar el regnat a les seves cinc filles: les Princeses del Regne de la Fantasia.

Abans de marxar dels Cinc Regnes, el cavaller en va fer desaparèixer tota mena de màgia, ja que havia estat a causa de la màgia que el Vell Rei havia estès el mal al Gran Regne.

Encara que, de fet, mai no va ser un autèntic rei, els habitants dels Cinc Regnes parlaven d'aquell cavaller com del Rei Savi, perquè tot el que havia fet havia portat el bé a tothom.

Han passat molts anys des que el Rei Savi va dividir el Gran Regne, i les seves cinc filles han crescut.

La protagonista d'aquesta història és Nives, la filla del Rei Savi a qui ell va confiar el Regne dels Gels Eterns, el més gèlid de tots cinc.

Ella no es recorda gaire bé de la seva família, ni de la seva mare ni de les seves germanes. Només es recorda del seu pare, de quan ella era molt petita i ell li va regalar una capseta i li va dir que allà dins hi havia el seu futur amagat. Ara la princesa custodia gelosament aquella capseta en un lloc secret d'Arcàndida, el seu Castell de Gel.

Amb una mica de sort, vosaltres també podreu descobrir què conté.

Però heu d'estar molt alerta...

Perquè hi ha algú que maquina a l'ombra amb un objectiu molt clar: que torni l'antiga màgia. Algú que canta antigues cantilenes, que està estudiant els vells llibres i que encara viu a la Roca de la Son... Algú que no es va adormir...

I aquest algú també ha crescut i diuen que vol tornar per acomplir un pla malvat: reunificar els Cinc Regnes i despertar tota la Cort de l'Illa Errant.

Sigueu, doncs, prudents quan us endinseu entre les neus eternes d'aquesta història, perquè hi ha mil perills que us amenacen...

Benvinguts a Arcàndida, al Castell de Gel!

Tea Stilton

PRIMERA PART

1

El convit secret

Una figura encaputxada s'escapolia silenciosament pels llargs corredors deserts del castell d'Arcàndida. De tant en tant s'aturava i, enganxada a les parets de gel, parava l'orella: semblava que no hi hagués ni una ànima.

Era aviat. El sol encara no havia sortit i a la misteriosa figura li quedava molt de temps per fer el que havia de fer. Amb pas cansat, va pujar l'ample tram d'escales cobert amb una sumptuosa catifa verda i va arribar fins a una gran porta de fusta fosca de doble batent. La va empènyer amb una mà, però només en va poder obrir una escletxa, gairebé insuficient per poder-hi entrar.

L'estança era enorme, completament circular i entapissada de llibres pertot arreu. Tot estava cobert pel mantell grisós de les últimes hores de la nit i només hi havia una petita llum que es movia, insegura, al llarg d'un dels pisos de la biblioteca.

–Senyor Haldorr –va cridar-lo en veu baixa la figura encaputxada.

La llum es va aturar i va començar a baixar fins molt a prop del terra de marbre, que, en il·luminar-se, va mostrar uns preciosos motius florals.

El vell llum d'oli va fer visible el contorn de la cara de Haldorr, el bibliotecari d'Arcàndida. Eren trets cantelluts, que subratllaven una expressió absorta en pensaments llunyans. Tenia els ulls foscos i asimètrics, el nas tan aguilenc que gairebé tocava el llavi superior. Però el seu somriure, franc i alegre, ho asserenava tot, com quan el sol està a punt de sortir.

–Bon dia, comtessa Berglind. Perdoneu-me si us he fet esperar –va dir Haldorr, alçant el petit flascó que duia a l'altra mà per il·luminar-lo.

La comtessa Berglind es va enretirar la caputxa fins damunt l'esquena i es va acostar per veure-s'hi millor.

Era una dona gran amb els cabells blancs recollits en un monyo endreçat que, com si fos un coixinet per a les agulles, li adornava la nuca. Encara que ja tenia més de setanta anys, la seva pell era rosada i llisa i semblava que el pas del temps no hi havia deixat senyals.

Només la traïa la vista, i aquesta vegada tampoc no va poder llegir l'etiqueta del flascó: «Tinta Hekta».

–Esteu segur que aquesta tinta ens anirà bé? –va preguntar la noble anciana forçant la vista amb l'esperança de poder veure alguna lletra.

–N'estic del tot segur. No cal que hi patiu gens... –la va tranquil·litzar el bibliotecari–. Es tracta d'una tinta especial. Diria que única. El gebre amb què la dissolc

l'he anat a buscar personalment als costers del volcà Hekta. És una recepta molt antiga.

La comtessa estava impressionada per l'explicació de Haldorr, que mantenia els ulls oberts de bat a bat per donar més èmfasi a les seves afirmacions.

–El que escriurem només serà visible als ulls del destinatari del convit? –va preguntar la comtessa.

–Exactament. Això impedirà que ningú més pugui llegir el contingut del missatge.

–Perfecte! En aquest moment diria que tot està a punt!

–Només cal que avisem la princesa Nives...

A la comtessa se li va enfosquir la mirada durant uns instants. Aleshores, per no tornar-hi a pensar, es va ventar amb la mà com si espantés mosques, va somriure i va dir:

–Gràcies, Haldorr. De Nives, ja me n'ocuparé jo. Tot anirà de primera, ja ho veureu. D'altra banda, no tenim altre remei que fer-ho bé: ha arribat el moment que la meva neboda triï marit.

–I tant, comtessa. Us ajudaré a preparar les invitacions i demà els llops les duran a les foques missatgeres perquè travessin el Mar dels Camins i les facin arribar a la seva destinació.

–Molt bé. Ets d'una gran ajuda, Haldorr.

La vella dama es va tornar a cobrir el cap amb la caputxa i va sortir de la biblioteca.

Haldorr es va quedar sol i es va disposar a esperar que es fes de dia.

El primer raig de sol va entrar per la gran finestra de la sala i va envoltar la seva figura prima amb un feix de llum rosada. Per un moment va veure l'ombra que es projectava a les seves espatlles i es va recordar de com li agradava fer ombres xineses quan era petit. Aleshores va alçar els ulls cap a la gran cúpula de la biblioteca, tota pintada com si sostingués centenars de llibres més, i la seva mirada i els seus pensaments es van perdre cúpula amunt.

2

La princesa Nives

L'endemà feia un dia de sol esplèndid.

Després del rigorós hivern polar, el bon temps i les temperatures més suaus proporcionaven bon humor i alegria als cors dels habitants del castell. Amb el sol ben alt enmig del cel era més fàcil llevar-se content i amb ganes de treballar.

A la gran cuina del segon pis, Arla i Erla, les dues cuineres, ja eren als seus llocs de comandament davant dels fogons, al bell mig d'una apassionada discussió.

–Arla, no insisteixis! Fa dos dies que vam fer pastís de peres. Avui toca de pomes –va afirmar Erla mostrant una poma vermella a la mà esquerra.

–Ni parlar-ne, Erla! –va contradir-la la seva germana, amb una pera a les mans–. El farem de peres.

Arla i Erla eren germanes, però no s'assemblaven gens ni mica. Erla, la més gran, era alta i molt prima, tant que calia mirar-te-la de cara si volies adonar-te que passava. La més jove, en canvi, era tot el contrari: baixeta i rodoneta, tenia la mateixa forma te la miressis des d'on te la miressis. En el caràcter, però, s'assemblaven molt: tossudes i decidides, estaven en permanent desacord, sempre disposades a discutir sobre qualsevol cosa fins a l'últim detall.

–Et dic que serà de pomes!

–De cap de les maneres! Serà de peres, o...

–I si en féssiu un de peres i pomes? –va intervenir una veu des de darrere de les cuineres.

–Princesa Nives, bon dia! –van contestar alhora, agafades de sorpresa.

La princesa d'Arcàndida estava especialment bonica aquell matí. El seu rostre dolç i candorós reflectia una lluminositat excepcional i la seva mirada, sovint glacial, era serena i tranquil·la. Tenia l'aire d'haver dormit moltes hores i molt profundament.

Nives va tornar el bon dia a les cuineres i va entrar a la cuina amb un somriure encantador.

Duia un vestit més aviat senzill, però d'una seda preciosa treballada amb llana. Era una simple túnica de color blau fosc que lluïa amb una gràcia i una elegància innates, com la flor porta els seus pètals.

Arla i Erla es van mirar amb complicitat. Aleshores, Arla, la més tafanera, va dir:

–Que és dia d'esbarjo, princesa Nives? –referint-se al vestit, que no era el propi de l'etiqueta de la cort.

–Vaig al Gran Arbre amb Gunnar –va contestar amb senzillesa la princesa. I, en dir-ho, un ràpid somriure va travessar els seus ulls clars. Adorava córrer al galop amb Gunnar a través dels gels del seu estimat regne. En aquesta estació de l'any, la més suau de totes, Nives se sentia reviscolar i cavalcar fins al Gran Arbre era com tornar a néixer.

Llavors, gairebé d'amagat, va posar els dits damunt de la taula de la cuina i els va passar ràpidament per damunt del sucre de llustre...

–Princesa! No agafeu el sucre amb els dits! –va intentar aturar-la Erla, uns segons massa tard.

Però Nives, amb la mirada divertida, ja s'havia dut els capcirons dels dits als llavis i s'havia embrutat de sucre fins a la punta del nas.

–Oh! Princesa! –va sospirar Arla–. No n'aprendreu mai! Ja veureu com es posarà la vostra tia, la comtessa!

–I qui l'hi dirà? –va dir rient Nives–. Vosaltres? Sereu tan cruels de permetre que em castiguin per una mica de sucre?

Les dues cuineres van somriure resignades: no hi havia res a fer. Per més que, tant elles com la comtessa Berglind, s'esforcessin a transmetre a Nives aquella mica d'etiqueta i de bones maneres de la cort per mirar de fer-ne una reina digna de dur tal nom, la noia defugia qualsevol regla i es continuava comportant com una noieta entremaliada. I penseu que ja no era una nena, sinó una noia a la flor de la joventut!

–Una altra cosa, senyores... –va afegir en un to buscaraons, passant entre elles com un llamp amb el seu vestit de campaneta.

–Sí, princesa? Ens volíeu dir res concret... –va preguntar Arla mirant la seva germana.

–... a banda del fet que anireu al Gran Arbre amb Gunnar? –va afegir Erla completant la frase de la seva germana amb una mica d'angúnia.

En realitat, el Gran Arbre era un arbre molt particular, màgic sense cap mena de dubte, que havia crescut i estava custodiat en un jardí secret, l'existència del qual només coneixien un petit nombre de persones de confiança de la cort de Nives, i que despertava aquell temor i respecte propi de les coses màgiques.

Però no era només el Gran Arbre el que feia por a Erla; Gunnar també era un motiu d'angoixa: el seu aspecte ferotge i la seva gran força l'espantaven terriblement.

Nives es va aturar a la porta, fingint un moment d'indecisió:

–No, no us havia de dir res més, em sembla... Per què? –va contestar la noia amb un somriure irònic i fent veure que no havia entès el motiu de la pregunta.

–Em dec haver malfixat, altesa. Em semblava que havíeu dit una altra cosa, fa un moment... –va insistir Arla.

–N'estàs segura, Arla? Últimament la teva orella et gasta males passades... –va punxar-la la germana.

–I tant, Erla! Ho he sentit perfectament... –llavors la cuinera va callar de cop.

Es va sentir un soroll de passos que venia del corredor, i al cap d'un moment, de darrere del mirall de la porta, va aparèixer l'enorme morro d'un llop blanc. Era un animal robust, amb el pèl uniforme i abundant, amb alguna lleugera estria grisa al cap i al coll.

Tenia els ulls de color blau, grans i magnètics, però a la pobra cuinera li semblaven, simplement, espantosos. Els trobava esmolats i cruels. Era el llop més gran del regne, el cap de tots els llops de la princesa. Era Gunnar.

Nives li va somriure amb la mirada:

–Aquí tenim Gunnar! Ja ens en podem anar! –va dir,

acariciant el morro de l'animal–. I vosaltres dues no us baralleu massa.

–Qui? Nosaltres? Però, quan? En tot cas jo segur que no! Potser Erla –va dir Arla.

–Jo? Pots comptar! Ets tu qui comença sempre –va replicar Erla, amenaçant-la amb una poma que l'apuntava directament entre tots dos ulls.

Nives va fer que no amb el cap, divertida i resignada. Aquell parell no canviarien mai, però de fet ja li estava bé: els canvis l'amoïnaven i s'estimava més que tot continués com sempre havia estat.

3

El Gran Arbre

La primavera arribaria d'un moment a l'altre. El Regne dels Gels Eterns l'esperava, i la naturalesa ho deixava entreveure.

L'altiplà mostrava les primeres illes de terra marronosa sota l'espessa capa de les neus hivernals i al llarg dels camins els regalims d'aigua creixien dia rere dia. Entre els matolls esclarissats vagarejaven els primers óssos desvetllats de la llarga letargia i els conills de bosc saltironejaven d'una banda a l'altra per detectar la direcció del vent. Al cel, que tornava a ser blau, els ocells desentumien les ales amb les primeres volades, i fins i tot el vent, que fins feia poques setmanes era glaçat i semblava que pogués tallar, començava a trobar una certa quietud.

La princesa Nives galopava damunt del llom de Gunnar, ben agafada al seu abundant pèl. Portava una capa blava, del mateix color que el vestit, i no s'havia posat la gran caputxa, que li queia damunt les espatlles. No tenia fred. Aquell dia el sol escalfava intensament els cossos i els cors.

El Regne dels Gels Eterns era una plana immensa, tancada al nord i a l'est per unes muntanyes no gaire altes. Al darrere, el castell d'Arcàndida s'erigia com si fos una gran dama de blanc. Gunnar corria veloç, i a cada gambada aixecava petites plaques de gel que havien començat a desfer-se per anar cap al mar. L'estrat blanc que ho cobria tot era més tou i més líquid. Van córrer vorejant grans pantans, al voltant dels quals brunzien espessos eixams de mosquits. Nives escoltava l'aire, mig aclucant els ulls per la reverberació del sol. Van fer un gran gir cap al sud, després van anar cap al nord, en direcció a les muntanyes.

Al cap d'unes quantes hores de viatge, Gunnar es va aturar davant d'una esquerda enmig del gel, gairebé impossible de distingir d'entre totes les altres. Nives va baixar de la gropa i es va ficar dins de l'esquerda, on de seguida va trobar un passatge estret.

Gunnar la va seguir amb certes dificultats: el seu cos

enorme passava amb penes i treballs per l'obertura d'aquella paret de gel.

Uns deu passos més enllà de l'entrada, l'esquerda s'obria de cop i volta en una àmplia cova de roca. Les parets interiors estaven decorades amb el tapís verd d'una heura, clapejada pels milers de colors de les seves petites flors. El terra de la gruta era cobert d'una espessa catifa d'herba molt verda i suau, que et feia venir ganes

de jeure al damunt. Era el Jardí d'Hivern, que custodiava el Gran Arbre.

Aquesta planta prodigiosa, solitària i majestuosa, creixia al bell mig de la cova. Entre les seves fulles verdes despuntaven les últimes flors i els primers fruits. No es tractava, però, d'un sol fruit, sinó que creixien tots junts: entre molts altres, hi havia cireres, pomes, peres, prunes, plàtans...

Dins de la cova, hi feia molta més calor que a la plana circumdant. El sol entrava per una esquerda de la roca, justament damunt de la copa verda del Gran Arbre. L'esquerda estava protegida per una espessa capa de gel que, com un prisma, filtrava la llum i la descomponia en centenars de petits i diversos arcs de Sant Martí.

Quan va ser dins del jardí, Nives es va treure les sabates per sentir l'herba sota els peus descalços i es va apropar a les branques més baixes de l'arbre. Va assaborir el perfum de les flors i es va mirar amb curiositat i admiració els fruits que ja començaven a despuntar a les branques més altes.

–Bon dia, princesa –va saludar-la una veu ronca que sorgia d'una zona fosca de la gruta.

Un home d'alçada mitjana, més aviat robust i amb un gran barret de feltre fosc calat fins a les orelles, de sobte, havia aparegut del no-res: era Helgi, el jardiner de la cort.

L'home duia una llarga barba rossa molt ben cuidada, al mig de la qual s'entreveien dues files de dents blanques i ordenades. Tenia els ulls coberts per l'ala del barret, però Nives coneixia molt bé la mirada lleial i sincera que s'amagava al darrere.

Li recordava la del seu pare i l'època en què encara vivia al Gran Regne amb la seva família i les seves germanes.

–Bon dia tingueu, Helgi –va contestar la princesa. Sabia que el jardiner era home de poques paraules; per tant, ella també reduïa la conversa al mínim imprescindible. A més, com deia sempre el seu pare, a vegades n'hi ha prou amb una sola mirada per entendre's.

–El nostre estimat arbre sembla que gaudeix d'una salut esplèndida –va dir, satisfeta, la princesa.

–El mèrit és de la primavera... –va respondre Helgi humilment.

–El mèrit és vostre, Helgi!

–Això ni us ha de passar pel cap, princesa Nives. Per a algú com jo, és un privilegi servir-la.

En tot el Regne dels Gels Eterns no hi havia ningú que sabés del cert qui era aquell vell jardiner i quin havia estat el seu passat.

Helgi es va treure el barret, probablement lamentant-se de no haver-ho fet abans, i se'l va posar davant del pit agafant-lo amb la mà dreta. A l'esquerra, hi duia un cistell fet de branques trenades, dins del qual només hi havia un parell de tisores.

–Ja podem collir algun fruit? –va preguntar Nives tímidament.

–L'arbre és vostre, princesa –va contestar el jardiner, amb devoció.

Nives es va girar cap a Gunnar, que l'havia entesa, s'hi va apropar i li va oferir l'esquena perquè pogués arribar fins a les primeres branques de l'immens arbre.

La noia es va agafar a una branca i s'hi va enfilar, àgil com un esquirol. Aleshores va poder veure l'extraordinària varietat de fulles i de fruits de l'arbre. Molt a prop d'ella, a la part més baixa, despuntaven les primeres llimones i una mica més enllà hi havia una branca que sostenia uns grans i suculents préssecs blancs. Al cap de poques setmanes estarien entre els més perfumats dels Cinc Regnes. Més amunt hi havia cireres, petites peres rosades i uns enormes mangos.

L'arbre tenia les branques fortes i l'escorça blanca. Ningú no sabia si, en algun lloc remot del Regne de la Fantasia, n'hi havia cap de semblant. Però tots estaven convençuts que havia estat Helgi en persona qui l'havia dut i l'havia plantat dins d'aquella gruta.

Helgi, el silenciós Helgi.

Nives va collir un préssec de pell apelfada i va somriure. En el fons no era tan important conèixer la història de l'arbre. Era allà, fort i vigorós, el do més meravellós que el Regne dels Gels Eterns hauria pogut rebre mai.

4
Grans preparatius al castell

Nives i Gunnar arreglaven les flors del jardí, tastaven els fruits del Gran Arbre i s'imaginaven els somriures que faria tota la cort d'Arcàndida quan veiessin les paneres plenes a vessar dc fruites i flors.

Mentrestant, al castell es respirava un ambient una mica agitat. La comtessa Berglind havia dit als servents que, al cap de quatre dies, se celebraria una festa en honor de la princesa, una gran festa, una festa de prometatge. Havia donat ordres que traguessin la millor vaixella dels baguls, amb els plats i les copes de cristall amb incrustacions d'or. L'havien usada per al casament del Rei Savi i la Reina, i la comtessa Berglind la va dur a Arcàndida, després que ella i Nives s'hi traslladessin.

Però no era l'única cosa estranya que passava aquells dies a Arcàndida. Les cuineres, per exemple, tenien instruccions de preparar un menú molt elaborat, que havia relegat a un segon pla la discussió del matí pel pastís de peres o pomes.

Què es respirava en l'ambient? Què estava organitzant la comtessa Berglind?

Olafur, l'eficient majordom de la cort des de feia anys, estava superat pels encàrrecs. Era un home de mitjana edat, tot i que, malignament, Erla sostenia que ja hi havia nascut, sent de mitjana edat.

El seu rostre no traslluïa la més mínima expressió, duia sempre un uniforme negre i una camisa blanca ben emmidonada. Sempre tenia la pell pàl·lida, la qual cosa lligava molt amb les seves formes subtils i la regularitat del seu rostre. Només la seva calvície constituïa una nota discordant, que ell intentava dissimular, inútilment, amb un posat encantador.

En aquests moments caminava amb pas rígid i sense perdre el ritme donant ordres pertot arreu, com un vendaval. A què es devia tot aquell neguit? Ni ell mateix no ho sabia: la comtessa no li havia donat gaires explicacions i ell, com era preceptiu, no les hi havia demanades. A mig matí havia reunit el seu equip de pingüins cambrers, que formaven un petit exèrcit uniformat i ordenat.

Arla i Erla, en canvi, estaven molt encuriosides i no havien tingut cap mania a demanar moltes més explicacions a la comtessa.

–Una festa de prometatge... no li agradarà gens –va comentar Arla mentre pelava una muntanya de patates i feia anar el ganivet amunt i avall com si volgués donar més èmfasi al que estava dient–. A Nives, te la imagines promesa?

–Xxxxt! Calla! Saps que la comtessa no vol que se'n parli! Ni tan sols ho hauríem de saber! –va respondre Erla, atrafegada amb un enorme gall dindi que plomava.

–Mira que n'arribes a ser, d'avorrida. De fet, ja ho sap tothom.

–Tothom, menys la princesa Nives.

–Exactament, i com t'estava dient, no li agradarà gens. Ella no té cap intenció de prometre's!

Quan va dir aquesta última frase, Erla es va acostar a la seva germana amb el gall dindi agafat per les potes.

–Si no vigiles, tu tampoc no et prometràs. I no serà per la teva voluntat!

–Mira qui parla! Encara esperes que Olafur es digni a dirigir-te una mirada?

–És pura enveja! –va replicar Erla.

–Clo... clo, clo, clo, clo... –va fer Arla imitant la manera de caminar del gall dindi amb les mans sota les aixelles per escarnir-la.

–Estigues quieta!

–Clo... clo, clo, clo, clo... –van repetir alhora dues veus des del corredor.

Les cuineres van callar immediatament, es van mirar fixament uns segons i aleshores, quan van haver sentit dues riallades sufocades, ho van veure clar.

–Quin parell de dimonis –van comentar en veu baixa.

Sense fer cap soroll, Arla i Erla es van quedar a l'aguait a tots dos costats de l'armariet del pa i, després del senyal convingut, el van obrir de bat a bat.

Enmig de xisclets, en van sortir dues nenes.

–Socors! –van cridar, divertides, mentre fugien corrents.

Tallia i Thina eren les nebodes de la comtessa Berglind, les estimadíssimes cosinetes de Nives. Una més bufona que l'altra, i totes dues indomables.

Tallia, la més petita, tenia sis anys i podia arribar a semblar una nena educada. Plena de pigues i amb cara d'espavilada, tenia uns llavis que de tan perfectes semblaven dibuixats. Amb els cabells recollits en dues trenes castanyes molt ben fetes, sempre duia els vestidets més elegants. Però en el fons era la més tabalot i expressava molt bé la seva autèntica naturalesa amb un únic gest: els xiscles. Era capaç de fer-se sentir a l'altra banda del castell emetent un simple agut. El majordom Olafur sostenia que, en més d'una ocasió, la veu de la petita comtessa havia trencat alguns dels valuosos vidres de la Sala dels Cristalls.

Thina, la més gran, acabava de fer deu anys, tenia els cabells arrissats i els ulls grans i profunds. Li encantava amagar-se o, com s'estimava més dir-ne, camuflar-se, com els insectes i els rèptils. És per això que passava gran part del seu temps lliure buscant retalls de roba dels colors més variats per poder-se confondre amb les tapisseries i el mobiliari. Gràcies a aquesta gran passió moltes vegades havia aconseguit sentir converses que no hauria hagut de sentir i explicar coses que no hauria hagut d'explicar.

Arla i Erla les van veure desaparèixer corredor enllà i es van mirar interrogadorament.

–Et sembla que ens han sentit? –va preguntar una de les dues cuineres.

–No ho sé. Però no cal que hi patim. Segur que ben aviat la princesa Nives també ho sabrà.

–No li agradarà gens.

–Ja ho sé, però no podrà fer-hi res.

5

Els corbs rojos

Els preparatius, tant a fora com a dins de les muralles d'Arcàndida, van provocar que el matí passés envoltat d'un moviment desenfrenat. Faltava poc per a l'hora de dinar i la comtessa Berglind anava amunt i avall del saló com una ànima en pena.

La noble dama es debatia entre el sentit del deure, que l'empenyia a renyar Nives, que tornava a fer tard a dinar, i el sentit de culpa per haver decidit preparar aquell convit d'amagat, per obligar-la a triar marit.

Si era un paper ingrat per a una mare, imagineu-vos per a una tia. Però des que la reina i el rei faltaven, a ella li havia tocat fer de tutora de la jove princesa Nives: un paper a vegades ben difícil.

La pobra dona continuava vagarejant pel saló dels banquets mirant-se ara la taula de basalt negra, esplèndidament parada amb unes tovalles brodades, ara el vell rellotge de marbre blanc col·locat entre les dues grans finestres, ara les cortines teixides amb fils d'argent, a través de les quals es veia la plana que envoltava el castell.

Després de tants anys, a la comtessa encara se li feia difícil habituar-se a la genial arquitectura del castell d'Arcàndida, única en el seu gènere. Les parets de gel, tan finament treballades que semblaven esculpides per un orfebre, oferien un contrast bigarrat però molt harmoniós, amb els mobles de pedra, els miralls i els cortinatges amb filats d'argent, aram i or que hi havia a les finestres. Filtrats pels murs i pels altíssims sostres, els rajos del sol creaven enginyosos reflexos de llum, a vegades fins i tot improvisats arcs iris, i projectaven unes ombres que dansaven damunt dels paviments.

La comtessa Berglind es va quedar encantada mirant

aquells moviments de la llum; després va sospirar, pensant en Nives. L'havia criada com una mare des de ben petita i s'hi sentia tan unida... Per uns moments li va saber greu haver-la d'obligar a casar-se, però només ho feia pel seu bé. Després, com acostumava a fer amb els pensaments desagradables, es va ventar amb la mà com si espantés mosques i de seguida es va sentir més calmada.

Va sortir ràpidament del saló, en direcció cap a la cuina.

Allà el dinar ja devia estar a punt.

O gairebé.

~*~

El pastís de pomes i peres acabava de sortir del forn i, si tenim en compte com se'l mirava el petit Onze, el pingüí cambrer més golafre d'Arcàndida, devia ser molt bo.

–Ni te'l miris, Onze! –va dir cridant Arla.

El pingüí es va enretirar immediatament i es va quedar esperant el primer plat que havia de servir.

–I molt de compte amb les temptacions, d'acord? –va afegir Erla, amenaçant.

De fet, Onze solia «tastar» sempre alguna cosa de la safata mentre la servia a taula. Més d'una vegada havia fet malbé els meravellosos plats de les cuineres.

–Són cuites, les patates? –va preguntar Erla.

Però justament en aquell moment un soroll sec va sobresaltar les dues dones, que, de sobte, van ser envestides per un gran batec d'ales.

–Socors! –va xisclar Erla amagant-se sota la taula.

–Aaaaah! –va exclamar Arla duent-se les mans al cap.

Sis corbs rojos havien irromput a la cuina, enmig d'un soroll ensordidor d'ales que batien. El pingüí Onze, en canvi, es va quedar immòbil al costat de la porta, sense ni respirar, glaçat per l'espant. Els corbs van tirar per terra safates plenes d'ous, bols de farina, plats i cistells de verdura. La cuina sencera es va convertir en un remolí de fulles, llavors, pols i plomes.

Un autèntic desastre.

–Vés a demanar ajuda, Onze! Corre! –va suplicar Erla des de sota la taula.

El pingüí va sortir esperitat. La pressa accentuava la seva maldestra manera de caminar, ja de natural ben ridícula, i amb les potes palmades havia de donar grans cops a terra, perquè a causa de les nombroses catifes del castell li era del tot impossible mantenir l'equilibri. Si hagués pogut córrer damunt d'una simple placa de gel!

Onze anava fent bots d'una banda a l'altra, mentre des de la cuina arribava una gran remor de plats trencats i de crits. Un dels corbs el va seguir i va desaparèixer pels corredors d'Arcàndida. Onze va topar amb un moble, va xocar amb una armadura, va tombar a tota velocitat per un corredor i... va acabar directament damunt de la comtessa Berglind.

–Però què paaassa, Onze? –va preguntar la dona, sorpresa i enrabiada al mateix temps–. Què fas? I què és tot aquest enrenou? Olafur!

Sempre que tenia un problema, la comtessa cridava Olafur. Però aquesta vegada el majordom no apareixia.

Onze agitava les aletes desesperat, mirant d'explicar a la comtessa que la cuina d'Arcàndida havia estat atacada per uns corbs rojos... els terribles corbs rojos. Com que no podia parlar, va intentar imitar el vol dels corbs, es va inflar tant com va poder i se li va posar la cara morada. Batia les ales topant amb els objectes i els mobles del voltant, i, finalment, es va tirar a terra de panxa enlaire.

La vella dama es va aturar un instant i es va posar a pensar.

I de sobte va fer uns ulls com unes taronges: ho havia entès.

–Calengol! Els seus corbs rojos! –va dir xisclant, i aixecant-se les faldilles, va començar a córrer com si fos una joveneta.

~*~

A la cuina d'Arcàndida, mentrestant, s'havia desencadenat una autèntica guerra de vaixelles. Les dues cuineres llançaven objectes de tota mena des de sota la taula, amb l'esperança d'abatre algun corb. Al cap d'una estona van començar a obtenir resultats: van aconseguir immobilitzar-ne un amb una escombra, però quan ja es pensaven que tenien la situació controlada, una nova criatura va aparèixer per la finestra oberta.

Era Calengol, l'enemic més temut de Nives. Des que el Rei Savi l'havia capturat i expulsat del Gran Regne, havia promès que es venjaria apropiant-se del Regne dels Gels Eterns. Fent equilibris per mantenir-se dret a l'ampit de la finestra, es mirava l'interior de la cuina. Era un ésser repugnant, a mig camí entre un gnom i un elf, amb unes grans orelles punxegudes i uns ulls petits i negres, enfonsats sota unes celles molt poblades. Tenia la boca enorme, amb totes les dents podrides. No era ni alt ni robust, però àgil i veloç com una petita sargantana, i

amb la pell verdosa. Duia la roba esparracada i un barret de copa de feltre negre, tort i fet malbé.

–Arla! –va cridar Erla, quan el va veure aparèixer per la finestra.

–Erla! –va cridar Arla, deixant anar el corb roig que havia caçat amb l'escombra.

Davant de l'aparició de Calengol, els ocells van començar a xisclar, excitats. La monstruosa criatura va fer un salt damunt de les rajoles de la cuina i des d'allà fins al bell mig de la taula dels pastissos. Va donar un ràpid cop d'ull al voltant; satisfet, va tensar les seves orelles punxegudes sota el barret i va alçar una mà.

–Ja n'hi ha prou, de moment –va ordenar als corbs amb una estrident veu de gralla.

Els corbs, obedients, es van aturar damunt de la pastera, gairebé tocant a la finestra.

–On és, ella? –va preguntar el monstre, ensumant amb el morro cap amunt.

Les dues cuineres es van estrènyer l'una contra l'altra i es van posar a la defensiva, amb culleres de fusta i corrons a les mans.

–No hi és! La princesa no hi és!

–No és al castell! I de totes maneres, tu no aconseguiràs ni tan sols veure-la! Abans Gunnar et faria miques!

Calengol es va mirar totes dues cuineres amb fanfarroneria i va començar a riure de gust:

–De veritat espereu que us cregui?

–Fuig d'aquí, monstre! –va amenaçar-lo Erla, fent anar el corró amunt i avall.

Aleshores un corb que duia alguna cosa blanca al bec es va posar damunt l'espatlla de Calengol, que els va mostrar les dents podrides en una horripilant i terrorífica ganyota.

–Sí, me n'aniré, dona estúpida, no cal que et posis tan nerviosa. I no t'oblidis de saludar la teva mestressa.

Es va balancejar a l'extrem de la taula i es va ajupir sobre dels talons.

–Digueu-li que encara estic molt... molt enrabiat amb ella. M'heu entès?

I amb un ampli gest va fer que els corbs tornessin a emprendre el vol:

–Ho has entès, cuinera?

Erla va fer que sí amb el cap.

–Molt... enrabiat...

Calengol, satisfet, va xiular:

–És meva. Sempre ha estat meva! Digue-ho també a la teva mestressa. Ben aviat ella serà meva. Tot serà meu!

La gran porta de la cuina es va obrir amb un cop sec, i la comtessa Berglind va entrar seguida del majordom Olafur.

A una distància prudent hi havia dos llops i el pingüí Onze. D'un salt, el monstre va anar fins a la finestra, disposat a esfumar-se. A l'altra banda, hi havia un buit de cent metres.

Va fer un gest amb la mà i els corbs el van seguir, el van agafar amb les urpes per la roba i se'l van endur volant. Calengol es va allunyar en direcció al sol com un horrible titella suspès en l'aire i, finalment, va ser engolit per la llum.

6
Una amarga sorpresa

Tornant del Gran Arbre, Nives galopava tranquil·la, gaudint dels reflexos d'aigua i gel que brillaven davant seu. Ben agafada a l'esquena de Gunnar, deixava que el seu animal corregués per ella. Sabia que estava fent una mica tard a dinar i ja s'imaginava els retrets de la tia. Però li agradaven tant els cistells de fruites que duia que estava segura que aquesta vegada també s'acabaria tot amb un somriure.

En veure el castell de lluny, en va admirar la meravellosa perfecció. Construït en una posició elevada, Arcàndida s'alçava damunt la plana amb les imponents muralles que l'envoltaven.

Sota les teulades amb merlets hi havia l'alta torre circular amb la biblioteca, les finestres de la cuina a la banda de la paret amb pendent i els balcons d'alabastre del Saló de Ball, que donaven a la banda del pati. Des d'aquells balcons es veia la totalitat del Regne dels Gels Eterns. Al davant hi havia els baixos i massissos pavellons dels hostes i els de l'hort que donaven a la banda més escarpada.

Les muralles, d'un gel puríssim, feien brillar Arcàndida com un diamant preciós.

Nives no es podia imaginar de cap manera el que es trobaria en tornar. Va pronunciar el nom de l'antic pont llevadís, Kiram, perquè la pogués reconèixer i tot sol s'obrís damunt del Fossat Enfervorit. Després va entrar per la gran porta clavetejada sota el terraplè del Fort de l'Esperó. El pont llevadís s'obria sol cada vegada que se'n pronunciava el nom, un residu de la màgia que el pare de Nives havia bandejat de tots els regnes.

Al pati central, no hi va trobar ni una ànima. El castell semblava desert del tot: no hi havia ningú als estables, ni a l'Entrada de Llautó, ni a l'àmplia escalinata de cargol, ni als Salons de les Guspires.

La planta baixa i el primer pis estaven completament buits. A les cambres, el mateix i pesant silenci de qui sap un secret i no el pot revelar.

Una mica amoïnada, Nives va desmuntar de Gunnar i es va dirigir cap a les plantes superiors. Després va sentir unes veus que venien de la cuina. Estava segura que alguna cosa no anava bé. Mentre pujava les escales, va sentir plors i algú que parlava de manera molt agitada.

Va deixar caure els cistells de fruita i va començar a

córrer. Gunnar la va seguir i de seguida li va passar al davant, caut i protector. Van córrer veloçment pel llarg corredor de gel. Els quadres penjats, els seients de pedra amb petits coixins teixits amb metalls preciosos, les grans calaixeres de fusta i les inútils armadures de guerra, els veien passar com si fossin espectadors d'una cursa.

Quan va arribar a la cuina, Nives ja s'havia quedat sense alè.

–Però què paaassa? –va dir amb la veu alterada.

L'espectacle era molt pitjor del que s'hauria pogut imaginar. No quedava ni un plat ni una tassa sencers, i cap cassola era al seu lloc. La comtessa, desesperada, mirava de consolar Arla i Erla, encara més desesperades que ella. En un racó hi havia dos llops, l'un al costat de l'altre, rígids i petrificats. El majordom Olafur intentava que Onze recuperés la calma, però el pobre pingüí no podia parar de batre les ales agitadament.

Thina i Tallia ploraven sanglotant, agafades a les faldilles de la comtessa Berglind.

–Déu meu! –va exclamar Nives.

La comtessa va aixecar els braços:

–Nives! Sort que ja ets aquí! Estàs bé?

–Jo, molt bé. Però... i vosaltres? Què ha passat?

Gunnar es va acostar als dos llops i només va caldre que els ensumés per entendre-ho tot.

–Ha estat Calengol –va explicar la tia Berglind, panteixant.

–Calengol? No és possible! Com ha pogut entrar al castell aquell monstre? –va preguntar Nives, desconcertada.

–Per aquella finestra! Ha pogut entrar gràcies a aquells corbs rojos que té! –va dir de seguida Arla.

–I llavors ho han començat a destrossar tot –va precisar Erla, assenyalant al seu voltant amb un gest tràgic–. Totes les meves cassoles!

–I els meus plats! –va afegir Arla.

–Deixeu de lamentar-vos! –va dir la comtessa, que tot de sobte havia tornat a la calma–. Olafur, ja podeu començar a endreçar-ho tot. Arla i Erla, retireu-vos a les vostres cambres! Necessiteu descansar.

–I el dinar? –van preguntar les cuineres.

–Menjarem el que s'ha salvat –va dir expeditivament la comtessa. Aleshores es va dirigir a la neboda:– I tu, estimada, segueix-me. Hi ha una cosa de què et vull parlar.

7

Una tria obligada

Nives va seguir la tia Berglind fins a la torre de la biblioteca. El silenci que envoltava cada pas pesava com un plom. La tia no solament estava preocupada per l'aparició de Calengol: després de tants anys, la coneixia molt bé. Per a ella era com una mare. Severa de tant en tant, però sempre vigilant i afectuosa. Sabia que hi havia alguna cosa més que mantenia la comtessa absorta en els seus pensaments, i Nives va intentar descobrir què era.

–Què pretenia, Calengol? –va preguntar mentre travessaven els corredors on encara ressonaven ecos de corredisses i moviments.

Tots els majordoms i guàrdies del castell havien estat

avisats de l'atac, i ara vigilaven cadascuna de les estances d'Arcàndida.

–Volia espantar-nos, estimada. No hi ha manera que es rendeixi, aquest monstre. Des que, durant la guerra entre el teu pare i el Vell Rei, el bosc on vivia amb el seu poble va ser destruït, dedica íntegrament la vida a la venjança. Però, a banda de Thina i Tallia, no ha espantat ningú.

–Però aquesta vegada ha entrat al castell! –va insistir Nives.

–La finestra de la cuina dóna directament a la muralla. És l'única banda desprotegida –va dir la comtessa, rumiant-hi–. Hem de fer alguna cosa per poder-la segellar.

–Deu haver deixat algun rastre...

La comtessa va mirar-se Nives interrogadorament:

–Aquests temes no ens pertoquen a nosaltres.

–Ja veureu com Gunnar trobarà Calengol i el desemmascararà d'una vegada per totes –va dir Nives procurant tranquil·litzar la tia.

–Si no se n'ha sortit fins ara, com vols que se'n surti en una tarda? –va rondinar la comtessa.

Amb tot això, ja havien arribat a la torre. La comtessa va obrir els grans batents de la porta de la biblioteca, amb pressa per entrar-hi.

–És de Calengol que volíeu parlar-me? –va preguntar Nives, que la seguia de ben a prop.

–No exactament, o més ben dit, no només... De tota manera també vull parlar d'ell.

Quan van arribar fins a les prestatgeries, gairebé de sobte, van veure Haldorr, capbussat en les seves lectures. Ni tan sols se n'havia assabentat, de l'atac de Calengol a la cuina.

Va deixar un llibre platejat damunt d'una tauleta rodona i va fer una gran reverència:

–Els meus respectes, comtessa. Princesa Nives, és un plaer.

–Bon dia, Haldorr –va respondre la comtessa.

Li van explicar amb poques paraules el que acabava de passar. Aleshores, la comtessa, tota misteriosa, va afegir:

–Tot i que en realitat som aquí per aquell altre tema...

–Ja ho entenc –va dir el bibliotecari, seriós.

–Ens pots portar el cofre i deixar-nos soles, sisplau?

–I tant, comtessa –va respondre Haldorr–. Serà un segon.

Es va girar i va desaparèixer per una petita porta, amagada entre les prestatgeries de les parets circulars de la biblioteca.

Nives no deia res. Tenia un mal pressentiment i una estranya pesantor al cor.

La tia Berglind tampoc deia res. Buscava les paraules adequades per explicar a Nives una situació que no seria fàcil que ella acceptés. Sabia de sobres que la princesa era una noia intel·ligent i que ho entendria. Els anys passaven per a tothom i havia arribat el moment d'afrontar les etapes naturals de la vida, fins i tot aquelles que sempre s'ajornen: ara Nives necessitava un príncep al seu costat.

La petita porta de darrere de les prestatgeries es va obrir i va comparèixer Haldorr amb un cofre a la mà. Era un cofre de fusta pintat de color vermell i turquesa. Colors tan vius que es veien d'una hora lluny.

–Excuseu el retard, però és que no el trobava... –va dir el bibliotecari. El va deixar amb compte damunt d'una tauleta plena a vessar de llibres, es va acomiadar i va desaparèixer darrere de les prestatgeries, com si no hagués existit mai.

La comtessa Berglind i Nives es van quedar soles a la gran biblioteca. La tia va respirar fondo i va obrir el cofre. Dins hi havia unes cartolines fetes amb fulles premsades, aparentment blanques.

–Estimada Nives, he preparat aquestes invitacions especials per a una ocasió especial... –va començar a dir la comtessa.

Nives continuava en silenci, morta de ganes de conèixer el motiu de tant secretisme.

–Són invitacions per a una festa, escrites amb una tinta especial que només es farà visible quan siguin a mans del destinatari.

Una festa! Per un moment Nives va pensar que s'havia precipitat. Tanta tensió per una festa?

La tia va continuar amb veu més solemne:

–Els destinataris de la invitació són els prínceps més dignes i valents dels Cinc Regnes. Estan tots convidats a palau per poder-te conèixer.

–I per què m'han de conèixer? –va mirar d'interrompre Nives sense èxit.

–Et voldran conèixer, Nives, regent del Regne dels Gels, Segona de les Germanes Princeses del Regne de la Fantasia, descendent directa del Rei Savi..., amb la intenció de demanar la teva mà!

Nives ja havia deixat d'escoltar-la. La seva ment fugia damunt la gropa de Gunnar i galopava per les inacabables extensions de neu, fins al mar, o al guèiser, o a la plana, o novament al forat protegit pels gels, on hi havia el seu estimat arbre.

Allà, on era lliure. On podia ser simplement Nives i no una princesa, ni la regent d'un regne, o la promesa d'un príncep; només Nives.

–M'estàs escoltant, estimada? –va preguntar la comtessa.

–Sí, tia, us escolto. Però... aquestes invitacions...

–Serà meravellós! –va continuar, molt decidida–. I estic segura que trobaràs un marit digne i amorós. Les foques missatgeres lliuraran les invitacions avui mateix.

–Sisplau, no estic preparada per a això. I ho sabeu.

El que Nives no sabia era que, aquesta vegada, tot seria inútil. Era clar que la seva tia ja havia pres una decisió.

–Tot serà a fi de bé, ja ho veuràs –va insistir. Va voler acariciar el cap de la seva neboda, però Nives es va allunyar amb un gest lleuger, sense deixar de mirar el cofre.

»Refia't de mi –va afegir la comtessa–. Te'n refies?

–Sempre he fet el que m'heu dit que fes.

–I ho tornaràs a fer?

–Si m'ho demaneu, ho faré...

Nives va mentir per poder sortir d'allà. Estava abatuda i trista. No es podia creure que la seva tia hagués fet aquelles invitacions sense dir-l'hi, se sentia traïda i ofesa. Va demanar si podia tornar a la seva cambra i va sortir.

~*~

Gunnar va recórrer les muralles d'Arcàndida rastrejant-ne cada racó, sense trobar el rastre que esperava. Ni tan sols a l'altíssima paret on donaven les finestres de la cuina. Semblava que Calengol l'hagués escalada volant.

«Tan forts són els corbs per poder-lo aguantar durant tanta estona?», es va preguntar el llop.

Des de dalt de la muralla va fer una ullada al Fossat Enfervorit: era tan profund que no se'n veia el final. A partir d'una distància determinada només s'hi veia boira. Si algú hi caigués, no en podria sortir viu. Per què, doncs, Calengol s'havia arriscat tant, sostingut només per les ales dels corbs? Amb quin objectiu? Només per espantar-los? Bé, doncs ho havia aconseguit.

Altres vegades Calengol havia atemptat contra la vida de Nives, però mai no havia arribat fins a Arcàndida: el castell ja no era un lloc del tot segur i això preocupava seriosament Gunnar.

Estava a punt d'acabar la ronda de control quan va veure una carrossa de palau que procedia del mar, que era molt a prop d'allà. La va seguir amb la mirada fins al pati interior i va veure com el majordom Olafur en baixava.

Seguint les ordres de la comtessa, després de la con-

versa amb Nives, Olafur havia anat fins al port per entregar les invitacions a les foques missatgeres. Però, per la cara que feia, semblava que les coses no havien anat prou bé.

–No s'hi pot fer res –deia, impassible, mentre pujava cap a la biblioteca.

–I per què, Olafur? –va preguntar-li la comtessa Berglind, que l'esperava al capdamunt de les escales.

El majordom li va tornar el cofre de fusta pintada que duia sota el braç.

–Hi ha meduses, comtessa. El mar és ple de meduses i les foques no poden nedar en aquestes condicions.

–Oh! –va exclamar la noble dama–. M'estàs dient que quatre meduses ens impediran celebrar la festa?

–No són simples meduses, comtessa. Són Crineres de Lleó. Tenen gairebé la mida d'un ós.

La notícia no va dissuadir la comtessa:

–Així, no s'hi pot fer res?

–Em temo que no, comtessa.

–Doncs és una notícia terrible! –va repetir la dama–. Terrible!

Però no era una mala notícia per a tothom.

Darrere de les grans cortines del saló de recepcions de la planta baixa, no gaire lluny de la comtessa i de Haldorr hi havia Thina, atrafegada en una de les seves imitacions. Quan va sentir que les invitacions no havien pogut sortir, i que tot se n'havia anat en orris, va intuir que tenia una informació important i gairebé es va ofegar de l'emoció.

Va vigilar que el camí fos lliure, va sortir del seu amagatall i es va dirigir a corre-cuita cap a la cambra de Nives. Va córrer a cor què vols pels passadissos del castell, sense topar-se amb ningú.

Hi va arribar com un llamp i es va aturar davant de la porta mig oberta.

Nives estava estirada al llit, amb la mirada perduda entre els reflexos que el sol projectava a través del gel de les parets damunt dels objectes que l'envoltaven. Somiava que no era allà, somiava que trobava la seva família perduda i moltes altres coses que no li era permès ni tan sols d'imaginar.

Thina va trucar.

–Endavant... –va dir Nives amb la veu indiferent.

La nena va entrar triomfant i va dir:

–Duc una gran notícia!

–Em penso que m'estimo més no saber-la. Ja n'he tingudes prou, avui, de grans notícies –va contestar Nives, desanimada i en un to monòton.

Thina no es va donar per vençuda:

–Però aquesta és la més gran de totes, t'ho asseguro.

La princesa va amagar-se el rostre entre les mans:

–Doncs digue-me-la...

–No es farà la festa! –va anunciar la cosina, tota orgullosa.

–I tu, com ho saps?

–He sentit com ho deia la tia, amb aquestes orelles.

–N'estàs segura? Repeteix-me tot el que has sentit. Paraula per paraula!

–D'acord! La tia ha dit que el mar és ple de Crineres de Lleó! Ah, no! Això ho ha dit Olafur. I la tia ha dit: «Oh!». I Olafur ha dit que les foques no han pogut sortir perquè les meduses són grans, enormes!

–Llavors les invitacions...

–Encara són totes aquí!

Nives va sospirar, creient que s'enfonsava dins del llit. I va començar a fer carantoines a la cosineta mentre li deia:

–Gràcies, Thina. Tenies raó: és una gran notícia.

La nena va riure.

–Nives...?

–Digues.

–Tallia diu que quan un príncep vingui aquí, tu hauràs de marxar amb ell...

Nives va fer que no amb el cap:

–No, Thina. Digues a Tallia que s'equivoca. Jo no aniré enlloc. I, de totes maneres, aquí no vindrà cap príncep.

«Almenys, això espero», va pensar, amb un nus a la gola.

8
Una visita inesperada

L'endemà semblava com si tot s'hagués aturat.

Hi havia qui, com la comtessa Berglind, esperava que les meduses, més ben dit, que les Crineres de Lleó, abandonessin el Mar dels Camins per poder enviar les invitacions, i qui, com Nives, desitjava que no se n'anessin mai més.

La princesa va demanar a Haldorr un llibre il·lustrat per distreure's i fer passar el temps amb Tallia i Thina, explicant-los històries de regnes llunyans que s'inventava tot mirant les imatges. Nives procurava no pensar en les intencions de la tia i continuava passant el temps com si res no hagués passat.

Ja s'havia fet de nit quan Thina i Tallia escoltaven absortes i en silenci la faula de la Muntanya dels Turons, la història d'una jove princesa molt bella que no sabia triar marit.

–Per tant, el rei, el seu pare, va organitzar una competició, i va determinar que el vencedor obtindria la meitat del seu regne i la mà de la seva filla... –explicava Nives.

–Una competició? Que romàntic... –va sospirar Thina, reposant la cara al palmell de la mà.

–I tant! Però no era una competició qualsevol.

–Ah no? I per què? Què havien de fer, els pretendents? –va preguntar Tallia, encuriosida.

Nives els va ensenyar el dibuix del llibre.

–La princesa havia d'estar-se dalt d'un petit turó amb tres pomes d'or a la mà. Qui aconseguís prendre-li les tres pomes seria el vencedor.

–No em sembla pas tan difícil... –van comentar les cosinetes.

–No, si no fos que el turó era fet de miralls i, per tant, les parets eren molt relliscoses –va afegir Nives amb un somriure.

–Oooh... –va exclamar Tallia.

–El rei va voler aquesta prova! Així només el príncep més valerós arribaria al cim –va dir Thina.

–I també el més àgil –va afegir la germana.

–Van ser molts els que van fallar i van caure a terra amb els cavalls. I fins i tot un que va intentar arribar fins a la princesa volant no va vèncer en la competició!

–I qui va guanyar, doncs?

–Va guanyar un noi de qui sempre es burlaven els seus germans perquè era prudent. Es va dirigir cap a la princesa amb tres armadures i tres cavalls, cadascun d'ells més gran que l'anterior.

–I què en va fer, de tres armadures i tres cavalls? –va preguntar Thina.

–Va anar cap al turó de vidre amb la primera armadura de llautó, cavalcant la sella del primer cavall. Però com que va pensar que era perillós, només va pujar fins a un terç del turó i després va recular. La princesa, que va trobar que era un comportament insòlit, va deixar caure una poma, que ell es va guardar sota la capa.

–I aleshores? –va preguntar amb ànsia Tallia.

–Ell es va encoratjar i va tornar cap al turó a la sella del segon cavall, més gran que el primer, amb la segona armadura, la de plata. Va arribar fins a dos terços del turó i va tornar enrere. La princesa, tot rient, va deixar anar rodolant la segona poma.

A Tallia i Thina no els arribava la camisa al cos:

–I aleshores?

–Finalment, el jove es va posar la tercera armadura, tota d'or, i, damunt la gropa del tercer i més gran dels cavalls, es va dirigir per última vegada cap al turó. Va arribar al cim sense fer grans esforços i va agafar la tercera poma. I en aquell mateix moment...

En aquell mateix moment algú va trucar a la porta, i totes tres van fer un bot de l'espant. Era Olafur.

–Princesa, la comtessa vol que aneu al saló central.

–Un segon, Olafur –va respondre Nives.

–La comtessa vol que aneu *immediatament* al saló central.

Nives va sospirar. No tenia cap ganes d'obeir: últimament la tia li reservava unes sorpreses poc agradables, però era evident que no s'hi podia negar.

–Gràcies, Olafur. Digue-li que hi vaig de seguida.

–Oh, no! No hi vagis! –gairebé va dir cridant Tallia.

–Volem saber com s'acaba! –es va lamentar també Thina.

–No el podeu endevinar, el final?

–Que no es va casar amb ningú –va contestar la Tallia.

–Doncs no, bleda. La princesa del Turó dels Miralls es va casar amb el cavaller misteriós i...

–...van viure feliços i van menjar anissos! –van acabar totes dues nenes alhora, rient.

Aquella frase va continuar ressonant dins del cap de Nives mentre pujava tots els esglaons de l'escalinata fins a la porta oberta del saló central, on la tia l'estava esperant.

La comtessa, però, no estava sola.

Al seu costat hi havia un home alt i fort, amb els cabells castanys, curts, i les espatlles molt amples.

–Benvinguda, estimada! –va dir la tia Berglind, quan va veure que la neboda era a la porta–. Endavant! Entra! T'he de presentar el príncep Herbert de Lom.

Nives es va quedar immòbil durant un llarg instant, com una agulla del rellotge que no volgués avançar. Al cap d'un moment, ben rígida, es va dirigir cap al desconegut, que encara estava girat d'esquena.

9
El príncep Herbert de Lom

Herbert de Lom era un dels dotze prínceps invitats a la festa.

Havia aparegut enmig del pati d'Arcàndida gairebé per sorpresa, embolcallat en una capa de pell d'ermini blanca, damunt la sella d'un gran cavall negre. Ara era allà, dret, al saló central, davant de la princesa Nives i de la seva tia Berglind.

Duia a la mà un targetó fet amb fulles premsades.

–Per tant, vós, príncep, heu rebut la invitació a la festa que he organitzat per a la meva neboda? –va refilar plena de dubtes la comtessa, a qui Olafur havia dit que no havia pogut enviar ni una sola invitació.

–Aquí la teniu, comtessa –va contestar el príncep amb

molta cortesia, fent arribar el targetó a la noble dama amb un gest decidit.

Els llavis prims de la comtessa es van obrir dibuixant un somriure complagut i tranquil. Llavors va agafar el targetó i no hi va poder llegir res: era completament blanc.

–Oh, és clar, que ruca! –va dir, rient-se de si mateixa, i l'hi va tornar–. Em sembla que només el podeu llegir vós. L'autèntic destinatari...

El príncep va somriure buscant la mirada de Nives, que li va fer un somriure de compromís.

De quina manera aquella invitació havia anat a parar a mans del príncep era un misteri que Olafur els hauria d'explicar ben aviat. En qualsevol cas, el seu deure era rebre el príncep com corresponia a un hoste de la seva categoria. Per això la comtessa va començar a fer-li els honors corresponents.

–És un veritable plaer tenir-vos aquí, Príncep de Lom –va dir, tota alegre–. La meva neboda i jo estem molt contentes de poder-vos hostatjar aquesta nit.

Després es va mirar amb autoritat Nives, que fins a aquell moment no havia dit ni una sola paraula, demanant-li que mostrés la mateixa cortesia.

–Sens dubte! Sigueu benvingut –va afegir llavors la noia, espavilant-se.

–És una llàstima, però... –va continuar la comtessa–, a causa de les pèssimes condicions del mar, la festa s'ha anul·lat, de moment.

–Quina llàstima!

–I tant... –va fer la princesa Nives fent veure que li sabia greu.

–Em faig càrrec de la situació. Ha estat només per casualitat que jo ja era en aquesta banda del Mar dels Camins. De totes maneres estaré molt content de tornar quan hagueu posat una nova data.

La comtessa es va desfer en excuses complimentoses que van deixar temps als dos joves per poder-se observar atentament.

Tot i que el príncep ja havia sentit a parlar de Nives,

se la mirava com si li hagués causat una profunda impressió.

La princesa d'Arcàndida afegia a la seva bellesa natural una misteriosa fascinació que venia de molt lluny i Herbert trobava irresistibles els ulls de gel de la noieta, en els quals, en un cert sentit, es veia reflectit ell mateix.

Nives, en canvi, notava alguna cosa difícil d'explicar i fins amenaçadora. Tot i que el seu encant era innegable, amb uns ulls d'un color difícil de definir, entre el gris, el blau i el negre, Nives se'n va mantenir a una distància prudent. I, a més, estava segura que la tia no pretenia que triés el primer aspirant, i sobretot si se n'havia d'anar l'endemà.

La tia Berglind va fer espetegar els dits.

–Olafur!

Després va congelar el somriure i, quan el majordom va aparèixer al saló, va ordenar:

–Olafur, li prego que acompanyi el príncep a la seva cambra.

–Com digueu –va acceptar Herbert fent una lleu reverència–. No em resta sinó donar-vos les gràcies, comtessa Berglind.

Va besar la mà petita i grassoneta de la comtessa, i després la fina i delicada de Nives. Finalment, va seguir el majordom fins al pavelló dels hostes.

Nives s'havia quedat immobilitzada al bell mig del saló mentre la tia Berglind es deixava caure al coixí que hi havia damunt d'un divan de pedra de lava.

Gunnar havia observat tota l'escena des d'un racó del saló i no li havia agradat gens el que havia vist. Què hi feia, aquell príncep, al castell? Com havia rebut la invitació? I com s'ho havia fet per convèncer el pont llevadís que li permetés de passar el fossat?

Li van venir mil pensaments alhora. Va negar amb el cap, amb l'esperança de poder-ne fer fora algun, però va continuar ple de dubtes.

~*~

Aquella nit només va transcórrer tranquil·la en aparença. Nives va tenir uns somnis més agitats que de costum. Va somiar amb el seu pare, que li parlava, i a mitja nit es va despertar d'un sobresalt, amb la clara sensació que algú l'observava mentre dormia.

Va encendre el llum, i la cambra era buida. No hi havia ningú. Presa d'una estranya inquietud, va deixar molta estona el llum encès, i li va costar molt tornar-se a adormir.

Al pavelló dels hostes, el príncep Herbert tampoc no

s'havia pogut adormir. Estava assegut damunt del llit, totalment vestit, i tenia un estrany insecte damunt del palmell de la mà, un escarabat amb la closca blava, que havia arribat volant fins allà dins.

L'home es mirava l'insecte amb la intensitat d'un estudiós o com si li volgués parlar. La situació va durar uns quants minuts; després el príncep es va canviar de roba, va tancar el llum i es va adormir.

Dos pisos més amunt, la comtessa Berglind suava, presonera entre els grans coixins quadrats del seu llit i un gran llençol que en el somni li semblava que pesava molt. Somiava que la seva adorada nebodeta finalment trobava la serenor i la felicitat al costat d'un home que la protegia i en tenia cura. I aquell home, podria ser precisament l'encantador i misteriós príncep Herbert de Lom?

Prop de l'habitació de la comtessa, el majordom Olafur roncava molt profundament, tot i que tenia el son lleuger, habituat a interrompre's al primer soroll.

A la cambra de les nenes hi havia un silenci tranquil i

serè. Thina i Tallia s'havien adormit agafades de la mà, com feien sovint. Només hi havia una figura que voltava misteriosament pel castell.

La seva ombra circulava per la fosca, movent-se sense parar.

Era Gunnar, que recorria insomne els corredors deserts, obsedit per pensaments foscos. L'arribada del príncep desconegut l'havia deixat molt inquiet i va ser llavors que va decidir anar a veure l'únic que podia ajudar-lo a aclarir l'enigma d'aquella visita: Haldorr.

Gunnar va anar fins a la petita cambra de la biblioteca on Haldorr sovint trobava consol per a les seves preocu-

pacions. El bibliotecari ja havia començat a investigar, i per més que comptés i recomptés, les invitacions del cofre sempre eren onze.

–Onze –va concloure el bibliotecari, gratant-se el cap emblanquinat–. No ho puc entendre, estimat Gunnar: en aquest cofre hi havia dotze invitacions, les vaig escriure amb la comtessa. Ara només n'hi ha onze...

A terra, davant seu, hi havia el cofre pintat de color vermell i turquesa que contenia les invitacions per a la festa. I en faltava una: la de Herbert de Lom.

El príncep que s'havia presentat al castell, doncs, no havia mentit: realment duia la cartolina autèntica.

Però no hi havia ningú al castell que l'hi hagués pogut enviar.

Abans d'adormir-se, el bibliotecari va veure molt clar que havia d'avisar la comtessa. Encara no estava massa preocupat, però no sabia que l'endemà al matí l'esperaven altres sorpreses.

10

La tempesta de neu

Va ser una nit llarga i estranya.

El dia es va llevar tapat, rúfol. En comptes del sol resplendent del dia abans, el temps anunciava tempesta. A l'hora d'esmorzar, un vent gèlid va començar a xiular entre els merlets més alts d'Arcàndida i de seguida va començar a nevar.

Tot i que no feia gaires dies que al Regne dels Gels Eterns l'hivern s'havia acabat, mai fins llavors no s'havia registrat un fenomen com aquell.

–És molt estrany –va comentar Haldorr, observant la densa nevada des de la finestra. I mentre s'ho mirava, el cel gris es va enfosquir encara més i es va carregar de neu.

El bibliotecari es va quedar pensatiu durant una llarga estona i de seguida, amb el llum a la mà, es va dirigir cap a l'escala central de la biblioteca, va pujar fins al setè pis de la llibreria de la torre i, una vegada dalt de tot, va tombar cap a la dreta a pas decidit. Va avançar i es va aturar davant d'una placa de llautó que deia:

DOCUMENTACIÓ I ANUARIS
SOBRE EL CLIMA DEL GRAN REGNE

Era una secció especial que aplegava els volums i les anotacions sobre el temps, les precipitacions i les temperatures del Gran Regne, en què es registraven fins a les variacions més petites. Hi va subjectar el llum i es va mirar els grans volums del prestatge. En va agafar un que es deia *Cronologia comentada de les primaveres del Gran Regne* i va començar a consultar-lo.

–Ja m'ho semblava... –va dir-se a si mateix mentre es mirava les llistes i les anotacions dels seus predecessors–. Una tempesta en aquesta estació no és gens normal. Gens.

Segons el que hi havia escrit, feia segles que no es registrava una tempesta com aquella a principis de primavera.

Haldorr es va fregar la barbeta durant una bona estona, pensant què fer; després va tancar el volum que llegia i se'l va posar sota el braç. Va decidir no parlar-ne amb ningú fins que no s'hagués acabat de documentar sobre el tema. No volia despertar preocupacions inútils.

I tot i que havia sentit a parlar de bruixots del desert que a l'antigor havien estat capaços de controlar els núvols, des que el Rei Savi havia bandejat la màgia dels Cinc Regnes no s'havia sentit a parlar mai més d'encanteris similars.

–És una tempesta insòlita –va comentar Haldorr–, però això no vol dir que sigui una tempesta maligna.

~*~

La princesa Nives no es podia creure el que veia quan va obrir les cortines de la finestra: va haver de mirar dues vegades per poder-s'ho creure.

–Neu! Com és possible? –va exclamar.

La porta de darrere seu es va obrir de cop.

–Has vist? –va xisclar amb aquella veueta aguda Tallia, que acabava d'entrar per donar-li la bona notícia–. Oi que és fantàstic? Neu a la primavera!

–I te n'alegres?

–Oh i tant! Podem sortir a fora a jugar.

–Però ja és primavera... no hauria de nevar.

–Oi que no deixa de ser neu? Podem gaudir-ne mentre duri –va dir la nena amb tota naturalitat.

Va agafar Nives de la mà i la va estirar fins a fora del dormitori.

–A poc a poc! A poc a poc! Com a mínim deixa que em canviï. On és la teva germana Thina?

–Uf, aquella! S'està dreta davant de la finestra de la nostra cambra i mira a fora com una estàtua. A ella no li agrada la neu! I a la tia encara menys. Està protestant perquè Olafur li ha guardat la roba d'hivern.

Nives va somriure, imaginant-se l'escena. Era evident

que l'única persona feliç per aquella nevada imprevista era Tallia.

Però Nives s'equivocava. A Arcàndida hi havia una altra persona feliç d'assistir a aquell espectacle insòlit.

I aquesta persona era el príncep Herbert.

~*~

–Bon dia, príncep Herbert. Heu dormit bé? –va preguntar la comtessa, a la gran sala d'ambre del primer pis.

Era un saló ampli amb una gran taula al centre, envoltada de cadires de respatller alt. Havien decorat les parets de gel amb motius florals que lligaven molt bé amb l'enrajolat de terra, en què havien encastat gemmes d'ambre en forma de tulipes. La tia havia decidit que cadascun dels salons d'Arcàndida fos d'un color diferent, perquè així era més senzill referir-s'hi i, de passada, animava d'alguna manera l'atmosfera glacial del castell.

Herbert havia dormit molt bé i el moment de despertar encara havia estat més agradable. Ara es mirava la taula sumptuosament parada davant seu amb un somriure franc i es complaïa de l'exquisida hospitalitat de la comtessa. El seu to, segur d'ell mateix, indicava la convicció que la seva estada allà seria agradable i, sobretot, gràcies a la tempesta de neu, molt, molt llarga.

–Bon dia tingueu, comtessa Berglind. He dormit divinament, gràcies. M'imagino que vós també, us trobo tan radiant aquest matí! –va respondre el príncep besant-li la mà amb un gest perfecte.

–Oh, príncep!, m'aduleu. A la meva edat, sabeu?, ja no estic habituada a certs compliments –va contestar ella en un to divertit.

En aquell moment van entrar Tallia i Nives, que, en veure tantes confidències entre la tia i el príncep, es van sobresaltar.

–Bon dia, tia; tingueu un bon dia també vós, príncep Herbert.

Llavors ell es va adonar de la presència de la nena:

–I vós, jove noieta, qui sou?

–És Tallia, la meva cosina –va respondre Nives en un to sec.

La comtessa Berglind les va invitar a entrar:

–Passeu, estimades, l'esmorzar és a punt!

Van seure tots quatre al voltant de la gran taula rectangular. Al centre hi havia, molt ben posats, dos meravellosos canelobres la base dels quals eren dues oques capiculades, envoltats per plats de dolços de diverses mides. Els comensals van començar a servir-se sense dir-se res, fingint que no veien la llum blanquinosa que es filtrava per les finestres i les parets.

–Aquesta fruita és deliciosa –va comentar el príncep mentre tastava un préssec blanc i sucós–. Però no he vist cap arbre a Arcàndida. També ve del mar, la fruita?

–No exactament –va dir Nives en veu baixa.

–És d'Arcàndida?

–Sí –va contestar amb monosíl·labs la princesa.

–I on la colliu? Sota el gel?

–De fet és així –va dir la comtessa ficant-s'hi–. A Arcàndida no hi ha arbres, només un petit hort i un estable per als animals. La veritat és que des que es va cremar l'últim Bosc Fulminat no hi ha cap arbre en tot el regne. Tret d'un: el Gran Arbre.

–I és un presseguer? –va preguntar el príncep.

–No! –va continuar la comtessa–. Aquestes cireres també vénen d'allà...

–Però, com? Un sol arbre no pot produir dues varietats de fruits...

–Doncs sí! –va exclamar tota càndida Tallia–. El Gran Arbre pot donar tots els fruits del món.

Nives se la va mirar, desaprovadora. El Gran Arbre

era una de les coses més precioses del regne. I no li agradava gens la idea que un desconegut en sentís a parlar.

Herbert se'n va adonar i de seguida va mirar de posarhi remei.

–M'imagino que sou vós, Nives, qui en teniu cura. La fruita és tan bona... –va dir, afalagant-la.

Nives cada vegada estava més sorpresa. Per què era tan amable?

–Doncs us equivoqueu. És el nostre jardiner Helgi qui se n'ocupa.

–Helgi?

–És un home molt competent –va dir la comtessa–. Potser més tard Nives us podrà acompanyar a veure l'arbre.

Nives estava furiosa. El Gran Arbre era el *seu* arbre, molt poca gent en coneixia l'existència. No tenia ni la més petita intenció d'acompanyar-l'hi, així que va fer un gest indicant la finestra, darrere de la qual continuava nevant:

–Però tia, està nevant molt. Em sembla que no és gaire bona idea.

Herbert va intervenir, complaent:

–Estic totalment d'acord amb la princesa.

La comtessa va assentir amb el cap, incòmoda. S'havia oblidat completament d'aquella nevada fora de temps.

–Teniu raó. Avui no ens podem moure.

–Això sembla –va comentar el príncep, impacient perquè es produís una avinentesa que feia estona que esperava.

–Príncep Herbert, us quedareu a Arcàndida fins que la tempesta hagi passat? –va preguntar la comtessa interrompent el monòton soroll de plats i coberts.

–Si m'ho permeteu, serà tot un honor. Us ho agraeixo.

Aleshores es va recolzar al respatller de la cadira i es va mirar les tres dones del seu voltant.

Ja s'havia produït.

11

Una relació difícil

Amb el príncep Herbert al castell, tot va canviar per a Nives: ara li havia de fer companyia i entretenir-lo amb històries que parlaven del regne i de les seves tradicions. Li va explicar que el seu pare, el Rei Savi, havia dividit en cinc regnes el territori que havia conquistat al Vell Rei, el Rei Tirà, que el governava abans. També li va dir que havia fet desaparèixer la màgia del regne perquè era massa perillosa per poder-la deixar a l'abast de qualsevol. Va repetir sense cap mena de passió històries que estava segura que es contaven en tots els cinc regnes. Semblava que el príncep Herbert no les coneixia. O potser fingia no conèixer-les, només per complaure Nives.

–No coneixeu les coses que us explico, príncep. A la vostra terra no s'expliquen aquestes històries? –va preguntar Nives.

–La Terra de Lom és a l'altra banda de les fronteres dels Cinc Regnes i les notícies sempre arriben molt temps després que hagin passat. Però és un plaer sentir-vos-les explicar, princesa Nives. Continueu.

La tia Berglind havia tingut la desastrosa idea d'obligar-la a fer de guia del príncep per les estances d'Arcàndida, i Nives no se'n va poder escapar de cap manera.

A ell el van fascinar especialment els murs de gel.

–No havia vist mai res de semblant –va confessar, fregant suaument amb la mà la paret gèlida d'un dels corredors; i tot seguit va afegir–: És sorprenent que aquest gel tingui la propietat de protegir del fred, malgrat que en porti a dins.

–És el gel etern –va explicar Nives–, extret de les glaceres d'aquest regne i destinat a romandre-hi. Si alguna vegada algú se l'endugués fora d'aquí, es desfaria com un gel qualsevol.

–És realment curiós.

Nives va passar una mà per la paret, fent-hi lliscar els seus dits suaus.

–Per aquest motiu, en tocar-lo només sents un lleuger calfred, però la consistència...

Nives va contenir l'alè durant uns segons, veient com la mà del príncep es recolzava al mur a poca distància de la seva.

–... sembla que sigui vidre –va tallar de cop.

Van continuar en silenci a través dels llargs i infinits corredors del castell. De tant en tant, Nives responia les preguntes de Herbert sobre determinats objectes, o retrats, o sobre les escultures d'aram dels pisos inferiors. Li va ensenyar la vitrina amb la seva col·lecció de pètals secs, i després, a petició del príncep, es van aturar davant dels animals dissecats que semblava que vigilessin les antigues col·leccions d'armes.

–Em penso que aquests animals van viure al bosc, abans que es cremés.

–Al vostre pare li agradava la caça?

–Diria que no. O potser... No... –Nives es va mossegar els llavis.– No ho sé. No el vaig conèixer gaire bé.

–I a vós us agrada, la caça?

–Oh, no!

–N'estava del tot segur –va dir el príncep, somrient. Nives també va somriure.

A mesura que passaven les hores i el nombre d'estances que havien visitat creixia, ella mateixa començava a reconèixer en el príncep una certa intel·ligència i una clara rapidesa de resposta. En algun moment li resultava fins i tot simpàtic.

–Deu haver estat difícil per a vós regnar en aquestes terres selvàtiques tota sola –va dir Herbert de sobte–. Però us entenc perfectament, perquè també vaig perdre els meus pares.

Nives es va aturar als esglaons de l'escala que baixaven. Ningú no li parlava mai dels seus pares, segurament per no entristir-la. Fins i tot la tia ho evitava. Per això ara no sabia com comportar-se.

–De fet, no he regnat sola. Hi ha la meva tia, hi són Haldorr i Helgi. El servei, Olafur... i a més hi ha les meves cosinetes.

–O sigui que teniu una altra cosina que no he conegut?

–Es diu Thina, és la germana gran de Tallia. I, a més, hi ha Gunnar.

En sentir aquell nom Herbert es va posar un pèl rígid:

–El llop –va dir.

–Un animal molt intel·ligent. Més del que us podeu imaginar. Per a mi Gunnar és com un germà.

–Veig que hi esteu molt unida.

Nives va respondre amb tota espontaneïtat:

–Oh sí, molt.

Herbert, assenyalant la part alta de l'escala, va dir:

–Què us sembla si continuem la visita?

–Encantada.

Al final de l'escala hi havia un dels accessos a la torre de la biblioteca. Quan hi van entrar, Herbert es va quedar literalment sense paraules. Fins i tot Nives, que ja hi estava acostumada, sempre que mirava dins d'aquell gran forat vertical entapissat de llibres antics, se sentia fascinada, extasiada pel perfum de les pàgines esgrogueïdes, pels pergamins i per les cobertes de pell sàviament conservades.

Es van quedar mirant cap amunt, fantasiejant entre les prestatgeries.

–Quina quantitat de paraules deuen contenir un nombre de llibres com aquest? –es va preguntar el príncep, obrint els braços–. Penseu, Nives, quantes coses descobriríem si tinguéssim temps de llegir-los tots! Però em temo que encara que ens quedéssim tota la vida tancats aquí dins, amb aquesta tempesta que ens continua envoltant, no aconseguírem llegir ni una petita part de tots aquests volums!

–Potser no. Però és possible que Haldorr els hagi llegit tots.

–No ho crec, princesa. La vida és massa curta per poder fer tot el que voldríem.

–És veritat, Herbert.

Era la primera vegada que li deia pel nom.

Ell se'n va adonar i va pensar que, a poc a poc, acabaria conquerint el cor d'aquella noia gèlida.

12

El somni

Nives corria i corria, sense aturar-se. Al seu voltant nevava i bufava un vent gelat. Li feien mal les cames, les mans i els peus. Sentia el fred per tot el cos, ella que no l'havia notat en tota la seva vida perquè estava habituada a les rigoroses temperatures del Regne dels Gels Eterns.

I de sobte es va aturar, extenuada, i va mirar al voltant: no hi havia res. Només vent, neu i fred. S'havia perdut. Al cap d'una estona va veure una figura llunyana. Semblava un home a cavall. Un cavall fosc i imponent. A mesura que s'apropava, Nives va començar a reconèixer els trets del príncep Herbert. Quan ell va arribar al seu costat, va baixar del cavall i la va cobrir amb un càlid abric de pell. Nives va muntar a cavall amb ell i tots dos van marxar al galop sota la tempesta. Van cavalcar durant un temps indefinible, fins que van entrar en una cova.

–Però si som al Gran Arbre! –va exclamar Nives, meravellada. Es va mirar el príncep Herbert.– Com sabíeu el camí?

–Me'l vau indicar vós, no us en recordeu?

–No, de fet, jo... no en parlo mai amb ningú. És un lloc secret.

–Nives, estimada, entre marit i muller no hi ha secrets.

–Marit i muller? Però si no estem casats!

–Oh i tant que ho estem! No us en recordeu?

Nives va baixar del cavall i va entrar corrents a la gruta. Dins era del tot fosc.

–Però, què està passant? –va preguntar en veu alta.

Del fons de la fosca va sorgir una llum que a poc a poc s'anava apropant. Era Helgi, el jardiner, més prim i amb la mirada apagada.

–Helgi, sou vós! Què passa?

Helgi no va contestar. Es va limitar a il·luminar amb el seu llum una part del Gran Arbre.

Nives es va fregar els ulls. L'arbre, el seu adorat arbre, estava completament sec.

Les branques s'havien convertit en fustes retortes i sense fulles. El tronc tenia parts sense ni una fulla, com si l'hagués devorat una malaltia. Ferit i cargolat damunt d'ell mateix, semblava un cos sense vida.

La princesa es va tirar a terra plorant, va abraçar una gran arrel gairebé del tot descoberta i va cridar de dolor. El mantell de pell que li cobria les espatlles va començar a pesar-li cada vegada més, fins al punt de no permetre-li alçar-se. Com si fos de plom. I va començar a escalfar-se i a produir una calor insuportable. Cremava.

–Helgi, ajudeu-me, traieu-m'ho! Em cremo, em cremo! –va xisclar Nives, dins de la foscor de la gruta.

Algú o alguna cosa li va sacsejar un braç. Nives va obrir

els ulls i va entreveure enmig de la penombra de la cambra el morro d'un llop.

–Gunnar? Però què...? –va balbotejar la princesa, sense entendre res. Llavors, a poc a poc, va començar a reconèixer els objectes del seu dormitori. Va tenir clar que era a Arcàndida, a la seva cambra.

»Només ha estat un malson. Un malson esgarrifós. Oh, Gunnar! –va exclamar, finalment, abraçant-lo i estrenyent-lo ben fort. El llop va tancar els ulls i li va llepar, dolçament, les mans.

~*~

L'endemà al matí semblava que la tempesta ja havia amainat, però el cel, amenaçador, encara estava tapat i la temperatura era més aviat baixa.

Després d'aquella mala nit, Nives estava destrossada. Se li havia quedat gravada la imatge del tronc sec del Gran Arbre i no se la podia treure del cap.

–Nives? –la va cridar des de la porta una veueta que li era molt familiar. Tornava a ser la seva cosina Tallia. Sovint era la primera que anava a despertar Nives. Normalment li agradava, però aquell matí la princesa hauria volgut estar sola.

–Has vist que ha parat de nevar?

–Sí –va contestar Nives.

–Puc venir al Gran Arbre, avui?

–Oh, no. Em sembla que jo tampoc no hi aniré.

–Però la tia ha dit que...

–Ja sé el que ha dit la tia. I no m'interessa gens!

Tallia va callar. Estava molt desil·lusionada. Però Nives encara ho estava més i, a sobre, estava amoïnada. L'última cosa que tenia ganes de fer era acompanyar Herbert al Gran Arbre. Va mirar d'explicar-ho a Tallia i més tard a la tia Berglind al saló dels esmorzars, però no se'n va sortir.

–Nives, no te'n pots desdir de cap manera. És un convidat molt agradable –va contestar la tia.

«Convidat sí, però agradable no pas per a mi», va pensar Nives, sense poder-ho dir obertament.

Així, a contracor, va tornar a la seva cambra, va triar un vestit bonic, com li havia demanat la tia, i les seves cosinetes la van ajudar a posar-se'l.

El vestit era blau, d'una seda gruixuda, cenyit amb un cosset més fosc i lligat amb uns llaços de seda d'argent que afavorien el seu cos prim i esvelt. Les mànigues li queien damunt del dors de les mans i n'hi cobrien ben bé la meitat.

–Estàs preciosa –va comentar Tallia quan va haver acabat.

–Et pentinem? –li va preguntar Thina.

–Gràcies.

Thina va treure de dins d'una capseta una pinta d'os amb el mànec de plata i va començar a pentinar la cabellera rossa i suau de Nives, mentre ella seia en un tamboret. A Nives li agradava molt que li raspallessin els cabells, però, des de la mort de la seva mare, només l'hi feia de tant en tant Thina.

~*~

Herbert l'esperava a l'ampli rebedor del castell, dominat per un immens llum de ferro en forma de doble corona. Al cercle superior hi havia una sèrie regular d'espelmes blanques, unes més gastades que altres. Una pesant cadena, lligada al pal central del llum, permetia que el poguessin abaixar per encendre'n les flames.

Herbert anava amunt i avall, observant amb àvida atenció cada detall, com si estigués estudiant tots els racons del castell.

Només es va aturar quan va sentir passos a l'escalinata

de darrere seu. Convençut que era Nives, es va girar, i va veure Gunnar, el gran llop blanc.

–Ah! –va fer el príncep–. Ets tu.

El llop es va mirar el príncep i va inclinar el cap en una freda mostra de respecte. Llavors es va asseure a terra, esperant, sense tornar-li a dirigir ni una sola mirada més.

–Ets un servidor fidel, llop. I m'han dit que també ets un guerrer hàbil.

Gunnar va aixecar les orelles, movent els seus ulls de gel per desviar la mirada del príncep.

–Però ara que sóc aquí, no caldrà que te'n preocupis tant. Podràs prendre't una mica de temps lliure.

Gunnar se'l va mirar directament als ulls. Va moure la seva musculatura forta i esvelta i va ensenyar imperceptiblement les dents.

Herbert va fer un pas enrere i va preguntar:

–T'atreveixes a grunyir-me, bestiassa?

Just en aquell moment, Nives baixava l'escalinata, bellíssima i celestial. El seu rostre no expressava res, però estava preparada per sortir.

La petita expedició va sortir del pati del castell. Gunnar anava al davant i el gel cruixia sota les seves potes. Nives i Herbert el seguien uns quants passos enrere. La comitiva la tancava un altre llop blanc, el morro del qual lluïa una profunda cicatriu.

Quan van haver passat el pont llevadís, Nives va donar un mocador al príncep:

–Sereu tan amable de tapar-vos els ulls, príncep Herbert? –va dir.

–Per què? No us fieu de mi? –va preguntar, fent veure que estava molt més sorprès del que en realitat estava.

–No, no és que no ens en fiem. Són les normes. L'ar-

bre... –va explicar Nives–... és sagrat per al regne, perquè és la nostra única planta.

–Per tant, voleu estar segurs que ningú no li farà mal o el robarà.

–M'alegro molt que ho entengueu tan bé –va afegir ella allargant-li una altra vegada el mocador.

Ell el va agafar i va mirar al seu voltant. La plana estava coberta d'una capa tova de neu nova. Encongint les espatlles, el príncep va xiular per cridar el seu cavall negre.

–Perdoneu-me... –el va tornar a interrompre Nives–. Em temo que haureu de deixar el vostre cavall al castell.

–Però jo no vaig mai enlloc sense el meu cavall! –va contestar, irritat. Llavors va assenyalar la immensa planura blanca que s'estenia davant seu, que d'una banda arribava fins a un mar de color de metall i de l'altra a les Muntanyes Agudes.

–No m'estareu dient que hi hem d'anar a peu?

Nives es va posar tensa. Tot i això, va ser capaç de divertir-se una mica veient Herbert tan desorientat.

–De fet, esperava que us poguéssiu conformar amb un llop.

Aleshores va dirigir una mirada còmplice a Gunnar,

va assenyalar cap al segon llop blanc i es va quedar immòbil esperant la reacció del príncep.

Herbert es va mirar una estona llarga, en silenci, el llop blanc. Finalment va somriure i va dir:

–Faré el que vós digueu.

–Molt bé –va fer Nives.

–L'únic problema és que... –Herbert va assenyalar el llop blanc amb la cicatriu al morro–. No tinc la més petita idea de com... es fa per muntar a la gropa d'un llop.

–No és gens difícil. Simplement... agafeu-vos al seu coll amb tots dos braços i deixeu-vos guiar.

El llop blanc es va ajupir prop dels peus del príncep, que se'l va mirar intensament, ple de dubtes.

–... agafar-se al seu coll amb tots dos braços...

Era tan maldestre que Nives no va poder reprimir un somriure. Es va apropar a Gunnar, va saltar amb seguretat damunt del seu llom i va comprovar que el príncep Herbert hagués tingut el coratge de fer el mateix amb la seva cavalcadura.

–No us oblideu la bena, príncep.

–No me n'oblido, princesa.

I van marxar.

Els llops anaven veloços; Gunnar al capdavant amb

Nives a la gropa, i el segon a pocs passos de distància amb el príncep amb els ulls embenats.

Van passar a prop d'una de les glaceres del regne, amb una colada gelada que arribava fins al mar.

Van continuar a gran velocitat i al cap d'unes quantes hores ja hi havien arribat.

Al llarg del temps, el Gran Arbre havia sorprès sempre els pocs visitants que havien tingut l'honor de poder anar al Jardí d'Hivern i veure'l. El mateix va passar amb el príncep Herbert, que, quan es va treure la bena, es va quedar meravellat: no havia vist mai res igual en tota la seva vida.

Es va mirar els fruits, que variaven segons la branca que els produïa, el terra cobert d'herba dins la gruta formant un gran prat i el tapís d'heures enfiladisses a les parets.

El conjunt era una barreja de flors grans i petites, blanques i de colors.

–És una meravella! –va exclamar Herbert–. Qui és l'artífex de tot això?

El jardí al voltant de l'arbre estava extremament cuidat: el prat estava regat per petits rierols d'aigua brillant, i hi havia, escampats, trossos d'escorça que servien per protegir les flors que creixien a sota.

No hi havia ni un sol fruit a terra i els de les branques semblava que estaven al punt just de maduresa.

–El nostre jardiner, Helgi –va respondre Nives.

–I avui és aquí?

–No ho sé –va contestar ella amb una certa vaguetat.

De fet sabia que en aquell moment Helgi se'ls estava mirant des de darrere de qualsevol roca. Però, coneixent com era d'esquerp i solitari, estava segura que no sortiria del seu amagatall.

En qualsevol cas, l'arbre havia produït el seu efecte en la princesa.

Com per art d'encantament, Nives ja estava més relaxada i conciliadora. Va fer un senyal a Gunnar: el llop va agafar amb les dents l'ansa d'un gran cistell i es va acostar a l'arbre.

–Agafaré una mica de fruita per portar a Arcàndida. A la tia i a les meves cosines els agradarà –va explicar a Herbert.

–Permeteu-me que us ajudi –es va oferir el príncep agafant per a ella les pomes de més amunt.

Gunnar s'anava empipant.

Es va mirar l'escena i només se li va escapar un lleu gruny, que no va sentir ningú.

El llop blanc coneixia el caràcter de les persones per

l'olor que desprenien, però Herbert no en feia cap, era completament inodor, i això encara li despertava més desconfiança.

A més, hi havia alguna cosa misteriosa que percebia en aquell home, alguna cosa que no era capaç d'esbrinar només amb el seu instint, però que no renunciava a descobrir-ho.

–Amb aquestes en tenim prou... –va comentar finalment Nives, satisfeta d'haver omplert el cistell–. Dues més d'aquestes...

I mentre parlava, en collir les dues últimes cireres, li van relliscar de les mans i se li van ficar dins de la màniga del vestit.

Li van fer pessigolles i va riure, va fer moure les mànigues i els dos petits fruits van caure a terra.

Herbert les va recollir de seguida i les va tornar delicadament a les mans de Nives, buscant la mirada de la noia. Els ulls de la princesa es van perdre dins del blau grisós dels del príncep, i es va quedar com hipnotitzada per la intensitat d'aquella mirada.

–No hi ha paraules per descriure la màgia del vostre somriure –va dir Herbert, fent-li una carícia molt ràpida a la mà.

Ella es va enrojolar una mica i no va poder respondre res. Sentia com la pell li cremava, com si hagués estat tocada pel foc.

13

Passos en la nit

L'endemà el dia es va alçar amb una densa boira. De tant en tant voleiaven flocs de neu que a vegades s'espesseïen tant que ho arribaven a esborrar tot. Semblava que el temps s'hagués estancat, com si tot el castell estigués aïllat de la resta del món.

A Arcàndida tot va quedar com suspès. L'ensopiment atmosfèric es va estendre als habitants del castell. Tots estaven cansats i desanimats. Durant el dia, a palau es movien mecànicament, complint sense cap alegria les obligacions que cadascú tenia, mentre que les nits eren agitades, plenes d'esdeveniments estranys.

–Et dic que aquesta nit he sentit passos –deia Arla, recolzada a l'ampit de la porta de la cuina.

–Deuen haver estat els teus, germaneta. Quan camines adormida sembles un elefant! –li va rebatre sarcàsticament Erla, que des de feia anys s'havia acostumat al fet que la seva germana somnàmbula la despertés.

–Jo no camino adormida! –va replicar Arla enfadada.

–Ah, no? I com és que l'altra nit vaig haver de venir a buscar-te al pati? Vaig haver de fer tres trams d'escales!

–Tu l'únic que vols és prendre'm el pèl. Te n'aprofites perquè... de nit no em recordo del que faig.

–Això mateix, no te'n recordes. I per tant... ja n'hi ha prou de dir bestieses, m'has entès? –Erla es posava les mans a la cintura, com feia sempre que renyava Arla.

–Però t'estic dient que els he sentit!

–En fi! Si fos realment així... seria la primera vegada que recordes alguna cosa de les que passen a la nit!

–Senyores, per què discutiu? –les va interrompre una veu.

Totes dues es van girar: era Olafur, amb el seu impecable uniforme negre, sota del qual sobresortia el coll emmidonat de la camisa blanca.

Temps enrere Erla havia trobat el majordom encantador, i sentia una certa atracció per ell, potser a causa de la seva primor comuna, o per la seva tendència a l'ordre i a la disciplina. La cosa havia naufragat abans de començar, quan Olafur havia declarat, ignorant el pes de les seves paraules, que era al·lèrgic a les flors. I les flors eren l'única cosa a la qual Erla no podia renunciar. El pobre Olafur, en canvi, en el moment que s'acostava un pètal al nas, es posava a esternudar a cor què vols. Erla va canviar d'idea. O, almenys, aquesta era l'explicació que sempre havia donat a la seva germana.

En canvi, Arla sempre havia considerat el majordom un home mortalment avorrit, i no s'havia preocupat mai de tenir-hi una bona relació, només s'havia limitat a una simple i formal cortesia.

–Oh, Olafur, bon dia. No discutíem de res en concret.

–Excepte que hi ha algú que de nit ronda pel castell –va repetir Erla–. Sisplau, Olafur, expliqueu-li també vós que és pura fantasia!

–En què us baseu? –va demanar el majordom.

–La meva germana és somnàmbula!

–Ja ho sé... però en què us baseu per dir que hi ha algú que de nit ronda pel castell?

–He sentit passos.

–Arla, deixa-ho estar!

–Passos, dieu?

–Exactament.

–De fet, jo també he sentit alguna cosa –va confessar llavors Olafur, sense perdre gens la calma.

–De veritat? –va preguntar Erla amb els ulls esbatanats. Arla estava morta de satisfacció. I era una satisfacció doble. Sempre havia estat tractada com la germana més beneita i inútil, només perquè era baixeta i rodoneta. Però ella no se sentia així: estava convençuda que tenia grans capacitats incompreses. Per això aquestes petites revenges l'omplien de satisfacció.

–Són passos molt seguits, oi que sí? –va preguntar.

–Sí. A mi també m'ho ha semblat –va continuar el majordom.

–Però... perdoneu-me... qui podria ser? –va tornar a preguntar Erla, plena de dubtes.

–Això sí que no us ho sabria dir... –va respondre Olafur.

–Passos curts? Com d'una de les nenes?

–Podria ser –va admetre el majordom.

–No hauríem d'avisar la comtessa? –va tornar a preguntar Arla.

–Avisar-la de què? –va dir Nives, que just en aquell moment entrava a la cuina.

Feia un parell de dies que Nives no entrava a pispar

cap dolç o a ajudar Arla i Erla amb alguna de les receptes inventades per elles mateixes, com la sopa de peix blau amb pomes salvatges que havia provocat les protestes de la tia Berglind, que no perdia mai l'oportunitat de recordar-los que hi havia certs comportaments que l'etiqueta no admetia.

–Bon dia, princesa –la van saludar les dues germanes i Olafur, fent una reverència.

Però quan la noia se'ls va apropar, els tres servents es van quedar impressionats en notar aquells ulls insòlitament apagats.

–Us trobeu bé, princesa Nives? –va gosar dir Arla, la més atrevida.

–Em sembla que he dormit malament, aquesta nit.

–Doncs jo també –va dir Arla–. I he sentit passos als corredors del castell.

–He de confessar que jo també els he sentit –va afegir Olafur.

Nives no va semblar gens alarmada i va preguntar ben distretament:

–Passos, dieu?

–Això mateix, princesa! Un autèntic misteri, no us sembla?

Ella va alçar una mica els ulls i es va mirar les dues

cuineres amb una expressió entre dolça i desconsolada, sense acabar d'estar interessada per res.

Era com si no hagués sentit ni una sola paraula de tot el que havien dit.

La mirada de Nives perduda en el no-res deixava ben clar que la princesa pensava en altres coses.

~*~

La noia es va acomiadar i va anar a refugiar-se al Saló Daurat. Mirava a fora, immòbil, al costat d'un sofà groc tan ple de coixins, de totes les formes i fantasies, que gairebé no hi havia espai per seure-hi. Per una curiosa coincidència duia un vestit de color groc or, un vestit que havia estat de la reina.

Nives no portava mai els vestits de cort que havien estat de la seva mare perquè l'entristien; per tant, era molt estrany veure'ls-hi posats. Sempre deia que se'ls posaria el dia que trobés un príncep amb qui casar-se. Era una manera de dir que no els pensava portar mai.

És que havia trobat el príncep que buscava?

Mentrestant, perduda en els seus pensaments, la noia va notar una presència darrere seu, i es va girar cap a la porta: Gunnar l'estava observant.

–Gunnar, ets tu? Que contenta que estic de veure't –el va saludar amb una veu monòtona.

El llop va fer un pas més, vigilant, per estudiar la situació. S'adonava que Nives tenia al rostre una expressió insòlita, absent, gairebé atònita.

–Em penso que de moment no podrem fer més viatges a l'arbre... –va continuar ella, amb un to inexpressiu–. Continua nevant.

Gunnar va fer que sí amb el morro i, com les cuineres

i Olafur poc abans, va pensar que Nives semblava perduda. Com si encara estigués dormint i vivint dins d'un somni.

El llop es va apropar a la princesa i es va ajupir als seus peus, assegut damunt les potes del darrere.

Ella no el va acariciar. Tenia les mans rígides, com mortes, i els braços deixats anar cap avall.

«Què deu estar passant?», es va preguntar Gunnar, mirant-se-la des de sota.

Toc, toc. Algú va trucar a la porta del saló. Nives, com un autòmat, va anar a obrir. Però a l'altra banda no hi havia ningú. I tot de sobte va aparèixer Tallia:

–Buuuuu! –va fer la nena alçant els braços per espantar-la.

Nives, esglaiada, va fer un bot i, de sobte, com per art de màgia, va semblar que es despertés.

–Tallia! M'has espantat! –va dir Nives, sense saber si riure o renyar-la.

–És clar, i ho he fet expressament! –va dir la cosineta tota satisfeta–. Has picat! Has picat!

Saltironejava amunt i avall del saló, subjectant amb aquelles petites i rosades mans els dos costats del seu vestit blanc.

Nives es va passar una mà pel front, com si es volgués

desfer d'una sensació de cansament. Gunnar va abaixar el morro, sorprès; fos el que fos que hagués passat, la princesa havia tornat en si.

El llop es va alçar, ensumant l'aire del voltant. Estava segur que havia notat alguna cosa estranya, alguna cosa que envoltava Arcàndida i la princesa amb els seus espirals de boira: alguna cosa misteriosa i malvada.

14
El secret de Tallia

Els dies passaven semblants els uns als altres. I com més passaven, més s'assemblaven els uns als altres.

Nevava sense parar, unes estones més intensament, altres menys. Però els flocs no deixaven de caure mai. Les finestres d'Arcàndida estaven atapeïdes dels nassos encuriosits, i una mica descoratjats, dels seus habitants, que es passaven el dia mirant enfora, amb l'esperança de tornar a poder veure el sol.

L'angoixant situació del que estava passant ja no escapava a ningú. Nives continuava tancant-se a la seva habitació. Només en sortia per dinar, sopar i, almenys una estona cada dia, conversar amb el príncep. No perquè hagués estat idea seva, sinó per la tia Berglind, que confiava que, aprofitant aquell temps de què disposava, entre Nives i Herbert pogués néixer alguna cosa.

Ella, tan primmirada amb les maneres de comportarse, considerava que el príncep de Lom era un pretendent impecable, i que ho tenia tot a favor per poder encendre una guspira en el cor gèlid de la neboda. I, a més, en qualsevol cas, la bona educació obligava que algú se n'ocupés durant aquells interminables dies de boira i neu.

–Has de prendre una decisió, estimada –li deia sempre que podia–. Tens la possibilitat de parlar amb ell cada dia. És un jove ben plantat. El seu principat és estable i de família antiga. No et sembla que podries...?

Però era com parlar amb una pedra. Nives havia renunciat a portar-li la contrària: simplement callava tant com podia amb l'esperança de poder passar per alt el tema. I no en parlava amb ningú.

Les úniques persones que admetia a la seva cambra eren les dues cosines, Tallia i Thina: alegres, fresques i sense cap mena de preocupació.

Però elles també s'adonaven que hi havia alguna cosa que no anava bé.

–No estàs contenta, Nives? –li va preguntar una tarda Thina arrufant el nas amb posat interrogatiu.

Nives, asseguda a la butaca blava, es mirava les cosines, que eren davant seu. Tallia va intentar pentinar Thina, sense obtenir bons resultats. Thina protestava i, entre cop i cop de raspall, mirava d'iniciar una conversa.

–Contenta de què?

–Com que de què...! És un príncep tan guaaaaapo! –va exclamar Thina amb el to més alt del normal, potser a causa d'algun nus que el raspall de Tallia estirava com si fos un rasclet.

–Oh, el príncep. No sabria... –va respondre vagament Nives–. No es parla de res més, oi? Del príncep i de mi. De mi i del príncep.

Les dues cosinetes es van mirar amb una certa perplexitat.

–Oi que sí? –va insistir Nives.

–De fet, sí... –van respondre Tallia i Thina alhora.

–I què diuen, a palau?

–Uns diuen que tens por de casar-te i altres que fas bé d'ignorar-lo.

–De veritat? I qui és que ho diu?

–Algunes serventes. Diuen que hi ha coses en què s'ha de fer cas al que ve del cor.

–Oi tant! El cor. Però... digueu-me... cosines: a vosaltres no us ha semblat que el príncep Herbert és una mica massa... com us diria... misteriós?

–Potser una mica –va contestar Thina–, però això encara el fa més fascinant.

–A mi, en canvi, em sembla molt estrany –va dir Tallia.

–De debò? I què t'ho fa pensar? –li va preguntar Nives, a qui li costava saber si la nena parlava seriosament o només intentava fer el paperot per complaure-la.

–Des d'ahir que m'ho sembla –va concloure ella, alçant el raspall.

–Per què? Què va passar ahir? –va preguntar encuriosida Nives.

–Bé, mira, no sé si us ho puc explicar.

–Ho has de fer! –va fer Nives en un to autoritari.

–Només si em jureu que no direu res a la tia.

Nives i Thina van intercanviar una mirada ràpida, d'entesa.

–Ho jurem –van dir a la vegada.

Però Tallia no en tenia prou amb aquell jurament. Es va anar passant el raspall d'una mà a l'altra, i llavors va dir:

–Hem de fer el pacte a tres; si no, no val.

El pacte a tres era un pacte que s'havia inventat Nives uns anys abans, quan Thina va estar a punt de descobrir a la tia Berglind l'existència de l'amagatall secret de la princesa. Era una petitíssima habitació a les golfes del castell on amagava els objectes estranys que trobava per aquí i per allà i que considerava més importants: una cullera amb el mànec de cua de peix, el vell rellotge de butxaca que avançava dos minuts cada volta, la petxina provinent del Regne dels Coralls, la manta de llana de mamut que abrigava tant i un flascó de perfum que, si l'oloraves, provocava riures sense fi, un petit tresor que la princesa custodiava amb una cura absoluta, lluny dels ulls dels adults. El risc que la tia el descobrís l'havia convençut que calia fer un pacte amb les cosines: un pacte a tres.

Si alguna d'elles no el respectava, mai més no participaria del secret de les altres. Ara era Tallia la que demanava la mateixa atenció: calia protegir un altre gran secret.

–Per mi, fet –va dir Nives.

–Per mi, també –va exclamar Thina, fent un bot del llit.

Les tres noietes van fer una rotllana damunt de la catifa verda, es van mirar als ulls i van agafar-se els braços, creuant els polsos, els uns damunt dels altres, encadenant-los.

–Per nosaltres, en nosaltres i amb nosaltres. Secret ara i secret per sempre! –van cantar a cor.

Llavors van alçar els braços cap amunt i es van agafar les mans. Es van estar un minut en silenci i es van deixar anar.

Les mirades de totes tres es van encreuar, encuriosides.

Estaven preparades per sentir el secret de Tallia.

~*~

Es van quedar assegudes ben juntes a la cambra de Nives. La tia Berglind els havia dit moltes vegades que no seguessin a terra, però hi ha coses que s'han de fer així per força: és evident que no es poden explicar secrets quan s'està còmodament assegut en un sofà!

–Som tot orelles, Tallia –la va incitar Nives.

–Ens morim de ganes de saber-ho! –va afegir Thina.

–D'acord, d'acord! Estic pensant per on començar! –Va aixecar una mà.– Som-hi. Però ni una sola pregunta, entesos?

Nives i Thina van assentir en silenci.

Llavors Tallia va aspirar profundament i va començar el seu relat:

–Va ser ahir a la nit, quan vaig sortir de la cambra...

–I per què havies de sortir de nit? –va interrompre Thina, que a vegades no podia evitar de comportar-se com una germana gran.

–He dit que res de preguntes!

Nives va fulminar Thina amb la mirada i li va agafar una mà per convèncer-la que s'estigués callada: volia saber el secret de Tallia. I això era tot.

–Ahir a la nit... –Tallia va reprendre el relat–... vaig sortir de la cambra per fer una passejadeta.

Aquesta vegada Thina no va dir ni piu, es va limitar a mirar-se fixament la seva germana, com si hagués fet una cosa terrible.

–El corredor era desert i silenciós. Fosc del tot. Una fosca espessa. Em vaig dirigir cap a les escales per baixar i en aquell moment vaig sentir un soroll de passos al pis de dalt.

Nives i Thina es van quedar petrificades de por.

–Em vaig quedar absolutament quieta i vaig esperar. Després vaig sentir la veu d'Arla.

–És somnàmbula –va afirmar Thina.

–Jo també ho vaig pensar i em vaig tranquil·litzar. Vaig baixar molt a poc a poc i vaig anar directament a la cuina. Però... mentre regirava pel rebost del fons, vaig sen-

tir uns altres passos. Passos diferents.

–I què vas fer? –va preguntar Nives.

–Em vaig amagar –va dir Tallia–. Podia ser qualsevol, fins i tot la tia! I en canvi...

–En canvi, qui era? –va preguntar amb ànsia Nives.

–Aquest és el problema –va dir Tallia jugant amb el raspall, com si estigués buscant les paraules.

–No ens facis estar amb l'ai al cor –li va dir amb autoritat Thina.

–D'acord, d'acord. Mentre estava amagada al rebost, algú va entrar a la cuina, a les fosques. Des d'on era només vaig aconseguir entreveure'n la silueta: duia una capa i una espasa que brillava en la foscor.

–El príncep Herbert! Només pot ser ell! –va dir Nives.

–Jura-ho! –va exclamar Thina, mirant fixament la seva germana.

–Em penso que era ell –va admetre Tallia–. Jo també vaig pensar que aquí al castell és l'únic que du l'espasa penjada a la cintura.

–Però, que feia a la cuina a aquelles hores? –es va preguntar Nives.

–Potser ell també volia fer un mos... –va suposar Thina.

–No ho crec. Era com si estigués a punt de sortir.

–Sortir per la cuina?

–Això és el que és estrany. Vaig sentir com xiuxiuejava alguna cosa, però no vaig entendre què deia, ni amb qui parlava, perquè anava sol. I parlava en una llengua estranya.

–Què vol dir «estranya»? –va preguntar Nives.

–No t'ho sabria explicar: una llengua que no havia sentit mai fins llavors. I més que parlar... semblava que cantés... una mena de cantilena.

Nives es va estremir i un calfred li va recórrer l'espinada. D'una manera totalment imprevista, el seu passat li retornava amb força, amb la càrrega d'un secret que no podia revelar a ningú. Tan llunyà que ella mateixa havia pensat que el podria oblidar, o amagar dins la seva cambra secreta.

–N'estàs segura que era una cantilena? –va preguntar Nives amb la veu tremolosa.

–Una cantilena, una mena de poesia –va repetir la cosina, decidida–. I la repetia de nit, tot sol. Però no s'acaba tot aquí, perquè quan se'n va anar, al terra de la cuina vaig trobar això...

I Tallia, radiant, es va treure de la butxaca del vestit un petit objecte, que va ensenyar a les dues noies.

Era una ploma vermella, una ploma de corb roig.

15

El pla de Nives

Aquella nit el cap de Nives bullia de pensaments.

Es va estirar al llit i es va fixar en les estranyes formes que el llum de la seva tauleta de nit projectava a les parets gelades. Li van començar a tornar tots els seus records. Fins i tot els més tristos. Si tancava un moment els ulls, se li apareixien els rostres dels seus pares i de les germanes que pràcticament no havia conegut. Després se li va aparèixer el rostre de Herbert. Va parpellejar per allunyar aquella imatge. Abans del relat de Tallia no tenia res concret en contra de Herbert, excepte el fet que ella no volia casar-se i que, sobretot, no volia fer-ho amb ell. Però ara les coses havien canviat.

Va estar pensant en totes les coses estranyes que havien passat des de l'arribada del príncep: l'atac de Calengol i els seus corbs, el canvi radical del temps i, finalment, el seu estat de cansament permanent. Fins feia poques setmanes corria, galopava damunt de la gropa de Gunnar, incansable, mentre que ara no tenia ni ganes de sortir de la seva cambra. A les nits, dormia malament. Les passava somniant coses que després no aconseguia recordar, però que la deixaven exhausta.

Nives no sabia exactament què li passava.

De la tauleta de nit va agafar un llibre amb la coberta de pell de color turquesa i amb lletres d'or que deien: *Petits poemes de bona nit*.

Era un recull molt especial, que li havia donat la seva mare abans de morir. Hi havia diversos poemes que calia llegir abans de dormir per assegurar-se de dormir bé. La seva mare li havia explicat que la particularitat del llibre consistia en el fet que cada poema estava escrit de manera que conduïa la ment a un somni determinat. Tots eren preciosos. L'únic que havia de fer era triar el poema adequat. L'atenció de la noia va anar a parar en un que duia per títol «Somnis d'estrelles» i que deia així:

Estrella llunyana,
estrella propera,
guia en el somni
aquesta nena.

Porta-la cap amunt
entre les teves germanes
perquè dalt del cel
visqui les aventures més belles.

Estrella llunyana,
estrella propera,
escolta aquest poema,
que cap esperança resulti vana.

Vetlla la seva nit
i il·lumina el camí
perquè cada dia en despertar
sigui un esplèndid matí.

Nives va somriure davant de tanta ingenuïtat. Eren versos per a nens, però dolços i carregats de records de la seva infantesa. Records confusos, però importants. Cada vegada que rellegia aquells versos era com si tornés a sentir l'escalfor i l'afecte que la seva mare li havia deixat. Com si encara fos viva al seu costat. Tant li era si el poema funcionava realment o no: el va llegir dues vegades i es va adormir, confiada.

~*~

L'endemà al matí un tímid raig de sol va començar a il·luminar Arcàndida. El gel de les muralles resplendia feblement sota una llum clara que venia de l'Altiplà Oriental.

El sol ja era força alt i la vida al castell havia començat des de primera hora. Els llops escrutaven l'horitzó mentre feien guàrdia, com de costum.

Per primer cop en molts dies, no queia ni un sol floc de neu del cel. El temps finalment s'havia asserenat i es podien tornar a veure els grans volcans que treien el nas darrere l'altiplà.

Quan Nives va obrir els ulls es va trobar immersa en una llum groguenca irreal.

Es va fregar els ulls per estar ben segura que s'hi veia bé. S'havia acostumat tant al gris fosc de la tempesta de neu que no gosava creure-s'ho. Amb un fort impuls es va destapar, va deixar caure els llençols blancs i frescos al peu del llit, i plena d'una energia gens habitual es va alçar com un coet.

Va anar corrents fins a la finestra atreta per la llum i impacient per comprovar que no es tractava d'un error.

Va descórrer les grans cortines blaves de la finestra i als vidres hi havia petites gotes d'humitat.

No es podia creure el que veia: el sol!

–Finalment! –va exclamar plena de satisfacció, dibuixant un tímid somriure, el primer després de tants dies.

Llavors es va mirar el llibre de poemes que havia deixat damunt de la tauleta de nit i va somriure. «Gràcies, mare», va pensar.

Els colors de la cambra també semblava que reflectissin el bon humor de Nives. Aquell matí els reflexos de color blau gris de les parets i els colors neutres dels mobles de pedra produïen en la princesa una sensació nova i agradable, després de tants dies de despertar-se enmig de la foscor i la malenconia.

Nives es volia posar un vestit bonic, que la fes sentir bé, i va anar corrents cap al gran armari de fusta blanca. Va obrir una de les portes decorada amb arabescos d'or, va fer una ullada ràpida als vestits i en va triar un de color vermell porpra, amb les mànigues llargues i transparents i la cintura alta, marcada per una petita cinta de vellut del mateix color. El vestit era una mica escotat, tant per davant com per darrere, i contribuïa a destacar el seu esplèndid coll.

Sense ni tan sols esperar les cosines, que normalment anaven a la cambra de Nives a dir-li bon dia, la princesa va baixar corrents al pis de baix directament al saló de l'esmorzar.

Just en entrar, va topar amb la mirada del príncep Herbert, que ja estava assegut a la gran taula rectangular de fusta fosca amb la tia Berglind. Tots dos xerraven alegrement.

Quan la van veure van callar de cop, però Nives va fer veure que no se n'adonava i va ignorar la mirada penetrant de Herbert. Els va saludar educadament i va seure al seu lloc, intentant combatre aquella desagradable sensació que tenia cada vegada que veia el príncep. Davant seu, en un plat, hi va veure una petita gemma. Era vermella i semblava un robí.

–Mireu quina casualitat. És exactament del mateix color que el vostre vestit, princesa Nives –va dir, persuasiu, el príncep.

Nives es va quedar de pedra, com paralitzada.

Com s'ho havia fet el príncep per saber que ella es posaria el vestit vermell? La sola idea que la conegués tan bé l'espantava. Era com si pogués llegir-li la ment. Una sensació que per a altres hauria estat magnífica, però que per a ella era simplement terrible.

Nives es va limitar a observar la pedra preciosa que tenia al davant, sense ni tan sols agafar-la:

–Què significa això?

–És un regal per a vós –va contestar el príncep Herbert.

–Un regal? I per quin motiu?

–Però, estimada, si és meravellós! –va refilar la tia, com si fos una petita òliba arraulida en la gran trona de cuir davant seu.

Nives es va dirigir directament al príncep:

–Heu dormit bé, príncep Herbert?

–Perfectament, gràcies.

–I no us ha molestat res? Sorolls? Passos estranys pels corredors? Portes que s'obrien i es tancaven?

–Però, què estàs dient, Nives? –va cridar la comtessa, alarmada de cop i volta.

Nives no havia apartat la mirada de la del príncep, amb l'esperança de poder confirmar alguna de les seves sospites.

Li va aguantar la mirada per intentar veure-hi alguna reacció, alguna esquerda.

Però Herbert es va limitar a somriure:

–No, princesa, gràcies per preguntar-ho, però la veritat és que he dormit molt i molt bé.

De sobte Nives es va alçar de la cadira, fastiguejada:

–Amb permís! –va exclamar, i es va allunyar de la taula.

Aquella trobada havia esborrat tota l'alegria amb què s'havia despertat.

–Nives... estimada...? –va balbotejar la tia Berglind, darrere seu.

Però la noia ja havia començat a córrer cap a la cambra de Thina i de Tallia.

Necessitava urgentment veure-les.

16

La trampa

Estàs segura que funcionarà? –va murmurar Thina a la seva cosina Nives.

–No en tinguis cap dubte –va contestar ella en veu baixa.

Totes dues anaven embolicades amb unes grans capes negres, encaputxades. Anaven tan tapades que només se'ls veien els ulls. Eren a l'habitació de les cosines, fent proves per parar una trampa al príncep noctàmbul.

Tallia, a qui van considerar massa petita per prendre part en una empresa tan arriscada, s'estava en un racó asseguda en una cadira, molt enfadada.

Per més que la van intentar convèncer, no hi va haver manera d'aconseguir-ho.

–Podria ser perillós –va dir Nives.

–Així pagueu els favors! Si no hagués estat per mi, no tindríeu ni la més petita idea de les passejades nocturnes del príncep –va contestar ella.

–És cert. La teva ajuda ha estat importantíssima.

–I doncs? Puc venir?

–No insisteixis, germaneta –va afegir Thina–. A més, és importantíssim que hi hagi algú de guàrdia a la nostra habitació mentre nosaltres som fora.

–I ha de ser algú de confiança –va afegir Nives perquè resultés més convincent.

Com que Tallia no acabava d'estar convençuda que la tasca que li assignaven fos important, es mantenia en silenci amb el cap cot.

Havien acabat de sopar. El tènue sol del dia havia estat engolit per una foscor grisa i densa. La nit, silenciosa, embolcallava Arcàndida, on aviat tothom hauria caigut en un profund son. Tothom, menys el misteriós caminant nocturn.

~*~

Gunnar va entrar al Saló dels Miralls.

No podia dormir.

Si tancava els ulls, el turmentaven imatges que no volia recordar. Així que vagarejava pels corredors del castell brandant el cap o muntava guàrdia davant de la cambra de la princesa Nives, mirant de pensar en altres coses.

Immòbil davant dels miralls, s'hi va veure reflectit. Com li havia passat ja alguna vegada, quan el sol desapareixia, i no hi havia ningú que el pogués veure, el llop blanc veia la seva imatge projectada al mirall amb un altre aspecte. En comptes de l'imponent llop de pèl blanc i potes amb urpes, Gunnar veia el reflex d'un home, alt i prim. Un home de carn i ossos, sense cua, sense ullals, sense aquella forta olor del pèl de llop.

Veia el Gunnar d'abans, l'home que havia estat transformat en llop.

La solitud de la nit era el pitjor moment per encararse a aquells records. I la torpor i el cansament que els havien aclaparat a tots aquells dies de neu ho feien tot molt més difícil. El dolor pel passat es barrejava amb la preocupació pel futur.

El príncep Herbert, la festa de prometatge, les pors de Nives.

Resultava gairebé insuportable.

Gunnar es va apropar al mirall i es va continuar mirant. Es va esforçar a recordar-ho tot. Va tocar el mirall amb la punta del morro i es va posar a rugir, mentre l'home del mirall premia els punys de ràbia.

~*~

Molts anys abans, Gunnar no es deia així, sinó que era un noi feliç i despreocupat que treballava al poble de l'altre costat de les muntanyes. Ajudava el seu pare a construir cases.

Un dia, al camí que baixava des de la pedrera fins al poble, el van aturar uns bandits que venien d'un regne llunyà. Eren homes negres, que feien pudor de torba, com si haguessin passat molt temps sota terra. Homes d'ulls blancs. Estrangers.

L'hi van prendre tot, el van lligar i el van llençar dins el cràter d'un volcà apagat. Gunnar va pensar que es moriria, però va sobreviure.

Llepava el gel per beure alguna cosa i esperava que tard o d'hora algú l'aniria a deslligar. Però mai no apareixia ningú.

Quan les forces el van començar a abandonar, va sentir una veu femenina i va notar una presència al seu costat. Una olor de sofre, de volcà, una olor penetrant. Gunnar va intentar girar-se entre les cordes per veure qui era. Amb l'ull amb què encara hi veia bé després de la caiguda, va observar una figura vestida de pèl de llop, de pell fosca, que es confonia amb les parets de la cova.

–Em dic Alifa –va xiuxiuejar l'ombra–. I aquest lloc és meu.

Tenia la veu ronca i tan profunda que semblava que sortís directament del cor del món.

–Tu també ets meu –va afegir. Es va acostar a Gunnar i li va acariciar la pell amb uns dits molt llargs que semblaven esberles de pedra. Ella era la guardiana del volcà.

Gunnar va intentar reaccionar, però estava massa feble. Alifa va baixar fins on era i va començar a girar al voltant del seu cos. Es va inclinar davant del rostre de Gunnar i se'l va mirar fixament amb uns ulls vermellosos, líquids, que semblaven de lava.

–Ets meu. Però t'estàs morint –li va dir.

Gunnar va tancar els ulls. I per més que s'esforçava a recordar, només li venia al cap la fosca, el fred i l'olor de sofre que hi feia. Sabia que ella l'havia aixecat de terra i se l'havia endut volcà avall, fins a la seva cova.

Tornava a recordar la veu d'Alifa, que el despertava i li deia, molt suaument:

–Home, puc salvar-te la vida. Però ja no tornarà a ser la vida d'abans.

Gunnar no ho entenia. Alifa continuava parlant:

–Ets una criatura feble i indefensa, per això la teva vida s'està esvanint. Jo et puc convertir en una criatura forta i temible. La teva vida tornarà a ser el que era, però cap ésser humà no et podrà tornar a veure amb l'aspecte que tenies abans. Seràs un llop. Un llop blanc. I una vegada siguis un llop, no podràs mai revelar a ningú que m'has conegut, ni les condicions d'aquest pacte. La decisió és teva.

Gunnar estava trasbalsat. I continuava sense entendre res. Un llop? Quin sentit podia tenir viure com un llop? Estava confós: quina mena de vida podria dur? Després es va recordar del que li havia dit la seva mare quan havia nascut el seu germà: «La vida és un bé, fill meu. El bé més preuat de tots».

Aquell record li va permetre triar:

–M'he decidit –va dir amb dificultats Gunnar.

–I què has decidit?

–Convertir-me en llop.

Al Saló dels Miralls d'Arcàndida, Gunnar va tancar els ulls.

Els seus records es van esvair de cop.
I el llop va donar mitja volta, enmig de la fosca.

~*~

El príncep Herbert comptava els minuts que el separaven del punt més fosc de la nit. Va esperar tranquil·lament que la resta de llums i sorolls del castell s'haguessin apagat, i llavors, com cada nit, es va aixecar i es va posar un vestit i una capa foscos per passar més desapercebut pels corredors deserts del castell dorment. De dins del seu escàs equipatge, va agafar una petita capseta amb la tapa foradada i la va obrir una mica.

Va comprovar que el contingut era al seu lloc, va recitar una mena de cantilena, en una llengua desconeguda, va somriure complagut, va tancar la capsa i es va dirigir cap a la porta. Sense fer soroll va sortir a fora i es va perdre en la fosca.

Nives i Thina no van moure ni un sol múscul. Respiraven a poc a poc i al mateix ritme. Amagades sota l'escala, s'havien arraulit just en el punt on l'escala de cargol feia la curvatura més pronunciada abans d'arribar al paviment de fusta de la planta baixa d'Arcàndida.

Era un lloc perfecte, invisible des de tot arreu, des d'on es podien controlar tant els corredors que duien a la cuina com els que pujaven als salons. Tot estava envoltat per la penombra de la nit. L'única llum que hi havia venia de dues espelmes col·locades als canelobres de plata, a mitja alçada del corredor principal. Al més lleuger corrent d'aire, els inquietants jocs d'ombres feien saltar de por el cor de les dues joves.

El silenci del castell era total, gairebé ensordidor, i no els permetia fer ni un sol moviment. La fosca inutilitzava fins i tot les mirades. D'aquesta manera, juntes però aïllades l'una de l'altra, esperaven sentir aquells misteriosos passos.

S'hi van estar durant molt de temps, com dues estàtues antigues, immòbils. I just quan pensaven que havien de deixar córrer aquell estrany joc i tornar a la cambra de Nives, van sentir un soroll. Realment eren passos, molt lleugers i seguits. Thina va agafar la mà de Nives i la va estrènyer.

Els seus cors bategaven alhora. Algú baixava les escales, lentament.

Les dues joves es van quedar ben quietes. I quan l'últim pas va fer cruixir les fustes de terra, Nives va decantar una mica el cap per veure a qui pertanyien.

Amb una certa desil·lusió va descobrir que aquells misteriosos passos eren de Gunnar. El llop va baixar les escales i es va dirigir cap al corredor sense adonar-se de la seva presència: semblava concentrat buscant alguna cosa.

Gunnar va inspeccionar el rebedor, va fer una llarga ullada a l'altra banda de la gran portalada i es va allunyar, cada vegada a pas més cautelós. Nives i Thina van continuar esperant.

No van haver d'esperar massa a sentir uns nous passos. Aquesta vegada eren més contundents i anaven acompanyats d'un lleuger soroll metàl·lic, potser era una petita sivella que topava amb la pell de les botes.

Eren els passos d'un home.

El nouvingut va baixar les escales més lentament que Gunnar, i va procurar, quan va haver baixat l'últim graó, no trepitjar amb massa força el terra, que semblava que es lamentés sota cadascun dels seus passos.

Per segona vegada Nives es va inclinar cap a la llum

per veure de qui es tractava. Quan la seva mirada, ràpida com la d'un felí, es va aturar damunt d'aquella fosca capa, no en va tenir cap dubte: era el príncep Herbert.

Nives va estrènyer fort la mà de Thina, que ho va entendre i també va intentar treure el cap. Però Nives la va aturar i li va tapar la boca amb una mà: si volien descobrir què feia no es podien permetre ser vistes.

17

Fora la màscara!

Mentre tornava al Saló dels Miralls, Gunnar va passar per la cambra de Nives. Es va endur una bona sorpresa en trobar-la buida. Només quedaven fent la guàrdia les nombroses fulles seques que Nives guardava als quadres de les parets.

Eren fulles de totes les plantes del Jardí d'Hivern que Nives collia i dessecava amb cura per al seu herbari. Tot seguit Gunnar va anar a comprovar que les petites comtesses Tallia i Thina estiguessin dormint als seus llits, però només hi havia Tallia, que, del tot adormida, estrenyia un gran bastó amb la mà. Gunnar l'hi va treure amb compte, va tancar la porta sense fer soroll i va començar a buscar les noies.

Molt preocupat, va baixar al rebedor, on havia sentit que algú respirava. Es va aturar a la zona lluminosa de les espelmes tremoloses i va observar les ombres dels gerros de flors sota la gran escala de cargol. Li havia semblat que hi havia alguna cosa, allà sota, però un soroll a l'altra banda de la portalada el va distreure i es va quedar convençut que només havia estat un corrent d'aire. Gunnar començava a tenir por. Els seus sentits de llop, normalment molt aguts, estaven com entorpits.

No sentia res. Darrere la portalada no hi havia res.

«On ets, Nives?», es preguntava a si mateix.

Va donar un cop d'ull per tota la planta baixa i després va tornar a pujar, i va recórrer una altra vegada els pisos de dalt, les golfes.

Per què Nives havia sortit de la seva cambra?

Va començar a mirar també a les altres habitacions. La de la comtessa, la d'Olafur..., la biblioteca.

I, finalment, la cambra del príncep Herbert.

Era buida.

Enmig de la nit d'Arcàndida, Gunnar va començar a galopar pels corredors a la recerca de Herbert.

~*~

El príncep de Lom semblava que vagaregés tant a fora com a dins del castell sense cap objectiu concret.

Quan es va adonar que el seguien, es va aturar i en veu alta va dir:

–Qui és?

Era fora del castell, a pocs passos del jardí. Davant seu, les muralles d'Arcàndida projectaven llargues ombres encara més fosques que la nit.

Una figura encaputxada va emergir de la fosca.

Durant un instant Herbert va posar la mà damunt l'espasa.

Llavors Nives es va treure la caputxa i es va donar a conèixer.

–Ah, princesa, sou vós. M'havíeu... espantat!

Nives va somriure.

–I per què?

–No és gaire habitual que et...

–...segueixin mentre passeges de nit pel castell? –va dir Nives anticipant-se al príncep.

Ell no semblava gens amoïnat:

–Em costa dormir, i em passo bona part de la nit caminant, amb l'esperança de cansar-me una mica.

Nives li va assenyalar l'espasa.

–I sempre camineu armat, quan teniu l'esperança de cansar-vos una mica?

Darrere de la noia es va sentir una rialleta. El príncep va mirar entre els matolls i va dir:

–Veig que no esteu sola.

–Ja pots sortir, Thina –va dir Nives.

La petita comtessa va sortir de l'ombra, tapant-se la boca amb la mà:

–Perdona'm, Nives! No volia...

–No passa res.

El príncep Herbert se les va mirar totes dues sense alterar-se:

–I a què dec aquest interès tan especial?

–És el meu castell, príncep Herbert. I a mi m'agrada saber tot el que hi passa, incloent-hi les passejades nocturnes.

–Un jardí esplèndid, el d'Arcàndida –va dir el jove mirant de calmar la princesa.

–Que busqueu res en concret al nostre jardí?

–Agafar el son, ja us ho he dit.

Quan va dir això, Thina va badallar amb la boca ben oberta.

–Potser les nenes haurien d'estar dormint a aquestes hores.

–No és problema vostre. És millor que respongueu la meva pregunta: què fèieu passejant amb l'espasa?

–Em temo que és el costum. Sempre és perillós sortir de nit...

–No pas a Arcàndida –va rebatre Nives–. No pas abans de la vostra arribada.

Dit això, es va girar bruscament.

–M'alegrarà que deixeu aviat el castell, príncep Herbert –va afegir abans d'anar-se'n.

–Si el temps ho permet –va respondre ell, mel·liflu–, ho faré ben aviat.

I just en aquell moment, al capdamunt de la muralla, darrere seu, s'hi va aturar un corb roig.

~*~

Molt lluny d'allà, hi havia una cova il·luminada per milers de petites cuques de llum que es reflectien en el brillant mirall d'un llac gelat.

Cinc corbs rojos descansaven damunt d'unes tanques

[...continua a la pàg. 153]

Els secrets
de Nives

M'agrada perdre'm per les mil estances del CASTELL D'ARCÀNDIDA i buscar coses curioses... com ara l'esfera de marbre de l'entrada, que vibra cada vegada que la toco. Em sembla que és un dels objectes màgics que el meu pare va intentar que desaparegués del Gran Regne...

Voleu saber una altra cosa curiosa? El pont llevadís d'Arcàndida s'alça i s'abaixa quan en pronuncies el nom. No us ho creieu? Proveu de dir «Kiram» quan hi sigueu al davant... i veureu què passa.

Arcàndida és casa meva.
Fa olor de fred,
De mobles vells
I de pastís de poma...

La TIA BERGLIND és tan tendra... Quan té pensaments desagradables, es venta amb la mà.

Amb LES MEVES COSINETES Thina i Tallia em diverteixo moltíssim! Tallia es vol convertir en la perruquera de palau.

Naturalment, la tia no hi està d'acord, sobretot després d'haver vist el seu últim experiment amb els cabells de la pobra Thina.

GUNNAR és el millor amic del món! Penseu que avui m'ha ensenyat unes flors... de gel! Gunnar em mirava intensament... M'he adonat que fins i tot ell estava meravellat de tanta bellesa! Sovint ens entenem amb una sola mirada.

Ho he aconseguit! He inventat EL MEU PASTÍS de pètals de rosa! Vaig collir els pètals al Jardí d'Hivern... Eren tan bonics i delicats que no vaig poder resistir la temptació de descobrir-ne el gust. «Un pastís...», vaig pensar, «per què no?». Aleshores vaig anar a la cuina. Sóc una mica... desastre, però Arla i Erla tenen molta paciència. Potser perquè sóc la seva Princesa!

OLAFUR ÉS EL MÉS IMPASSIBLE DELS MAJORDOMS... O GAIREBÉ...
ONZE TÉ UNA INDIGESTIÓ... MIRA QUE ÉS GOLAFRE!

LA MEVA CAMBRA és el meu refu
prohibida l'entrada als xafarders... a exce
ció de les meves cosines i de Gunnar!

Totes les noies somien vestir-se de princesa. Sóc afortunada, ho sé...

El meu vestit preferit és el vermell: me'l poso quan estic de bon humor.

També tinc el blau marí, el color de la nit, que és confortable i molt còmode...

En canvi, quan estic trista, em poso un vestit llarg blau cel.

Finalment, hi ha el preferit de la meva tia. Tallia diu que fa que sembli una princesa de veritat.

Diuen que a la BIBLIOTECA hi ha més de 100.000 llibres. Qui pot assegurar-ho? No hi ha cap llista, però la memòria de HALDORR és infal·lible. Tallia diu que els llibres apareixen i desapareixen de les prestatgeries.

Fins avui he trobat dinou passadissos secrets dins de la biblioteca. I estic segura que n'hi ha molts més.

Els meus llibres preferits: *Petits poemes de la bona nit*; *Mil faules dels regnes llunyans*.

Avui estava convençuda que havia trobat el meu retrat de quan era petita amagat dins d'un vell bagul. Però quan l'he ensenyat a la tia Berglind, m'ha dit que aquella nena és DIAMANT, la meva bessona. Qui sap on són les meves germanes...

Jo tinc una
CAMBRA
SECRETA...
...en una de les golfes del castell, guardo els objectes curiosos i màgics que de tant en tant trobo aquí i allà. Un rellotge que avança dos minuts cada volta, un perfum que et fa morir de riure i una cullera amb una cua de peix per mànec que fa llum quan l'agafes. Que graciós...

El que més m'emociona de tot el meu regne és el GRAN ARBRE. Produeix tots els fruits del món i les seves flors són tan perfumades! Quan Gunnar i jo venim fins aquí, tornem a Arcàndida amb un cistell ple a vessar de tota mena de fruits.
És fantàstic!

Quan el savi HELGI parla, em sembla sentir el meu pare. Mai no m'ha volgut dir de quin regne prové... vés a saber. Però, en el fons, quina importància té? Helgi ara és a Arcàndida amb nosaltres: amb ell i amb Gunnar em sento feliç i segura...

de banya de boc i s'allisaven les plomes, roges com el foc.

Esperaven la tornada de l'amo.

–Perfecte, tot perfecte –va grallar al cap d'una estona una veueta des del fons de la cova. La silueta cargolada de Calengol, precedida de la seva ombra gegantesca, es va apropar al llac. Va fer un sol xiulet, molt intens, i el corb que anava amb ell es va reunir amb els seus cinc

germans. Després tots sis es van col·locar en fila índia, mentre feien batre les ales.

–S'està acostant el dia del nostre retorn... –va grunyir la criatura verda que s'amagava entre els gels i a poc a poc s'acostava al seu exèrcit de corbs. Els va acariciar el dors, els va allisar les plomes roges i els va dir:– Finalment, el castell s'obrirà, s'obrirà per a nosaltres.

Va agafar un corb del bec i el va mirar fixament als ulls:

–Perquè som nosaltres els que hem de viure en aquell castell. Oi que és veritat que hi hem de viure nosaltres? Hi tenim més dret!

El corb va grallar.

–Ells han destruït el nostre bosc. Han cremat els nostres nius. No és cert?

El corb va tornar a grallar.

Havia passat feia molts anys. Calengol vivia a l'últim dels boscos del Gran Regne, abans que esclatés la guerra. El bosc s'havia incendiat durant l'enfrontament, com la casa de Calengol i les de tots els seus amics i coneguts.

Una absurda guerra entre el Vell Rei i el cavaller conegut com el Rei Savi. El pare de Nives.

Només de recordar el Rei Savi, Calengol es va posar a bufar, a xiular, a prémer els punys i, llavors, va deixar anar el seu corb roig.

Per què el rei havia incendiat l'únic bosc del Gran Regne? Havia estat un accident? Un error? Era el preu per guanyar la guerra?

Calengol no ho sabia. Ell era una criatura simple: vivia amb els corbs i odiava els homes. Odiava la cort d'Arcàndida i la filla del Rei Savi, que li havia destrossat la vida. Ell, l'únic supervivent del bosc, havia vagat durant anys covant una venjança contra el rei. Havia caminat molt. S'havia amagat de tothom, fent-se fonedís, com si encara fos al seu bosc. Un dia, entre les cendres d'un arbre abatut per un llamp, va sentir la desesperada piuladissa d'uns ocellets que treien el cap d'un niu, dalt d'una roca no gaire llunyana.

Calengol havia rebut un senyal.

Dins del niu hi havia sis petits corbs rojos, amb les boques obertes, que demanaven aliment i protecció. S'havien salvat del foc, com ell. I Calengol, commogut, se'ls havia endut. Els havia alimentat i educat, i n'havia fet la seva família. I el seu exèrcit.

–Prepareu-vos, amics –els va continuar dient aquell vespre–. Hem de dur a terme una missió important. S'acosta el dia de la nostra tornada. S'acosta el dia!

Els corbs l'escoltaven atentament.

–Nosaltres l'hem ajudat... –va dir amb un riure malvat–. I ara li toca a ell. Ens obrirà les portes, amics. I després la princesa Nives acabarà a les meves mans.

En sentir aquelles paraules, els corbs van emprendre el vol excitats, enmig de sons aguts i estridents. Van començar a volar en cercle, velocíssims, com un gran remolí vermell que s'ho endú tot.

–Encara no! Torneu als vostres llocs! –va cridar Calengol, que se'ls mirava ebri d'alegria–. Espereu-vos! Encara no ha arribat el dia!

Però els corbs no es van aturar. Van continuar volant arremolinadament damunt del llac gelat entre les riallades cada vegada més estridents del seu senyor.

–Espereu que ell ens obri la porta! –repetia cridant–. Espereu-vos!!

18
Ambient tens a palau

Si el príncep Herbert no se n'anava, només hi havia una manera d'evitar-lo. Després de llargues, llarguíssimes, reflexions, Nives va tenir una idea.

Proposaria a la tia Berglind que reprenguessin l'antic projecte de la festa. Nives faria veure que havia canviat d'idea, que estava disposada a triar promès, i amb això aconseguiria fer venir altres persones al castell, altres prínceps.

I una vegada fossin allà... vés a saber! Però ara no s'havia de preocupar per això. No hi havia dubte que era un risc que havia d'assumir. «Una cosa darrere l'altra», deia sempre la seva mare.

Quan va tenir el discurs meticulosament preparat, Nives va anar a buscar la tia a la sala on cada tarda, a les quatre en punt, prenia el te.

Quan entrava es va creuar amb Haldorr, que sortia amb un gran volum sota el braç.

–Encantat de saludar-la, princesa –va fer el secretari amb una reverència.

–Bona tarda, Haldorr.

Fos el que fos el que contenia aquell volum, la tia s'havia quedat molt preocupada. Estava impecablement asseguda en una de les quatre butaques del petit saló, amb les cames ben posades i la posa que s'adiu a una dama noble. Nives es va fixar en la seva constitució menuda i rodoneta, tan graciosa que semblava una ballarina una mica entrada en anys.

–Entra, estimada –li va dir, agafant la nansa de la tasseta d'una fina porcellana blanca i blava amb els seus dits petits i grassonets.

–Va tot bé, tia?

–I tant, estimada –va mentir, ventant-se la cara amb la

mà, com feia cada vegada que volia deixar de pensar en alguna cosa desagradable.

Haldorr li acabava de confiar una cosa del príncep Herbert de Lom que no veia gens clara. Segons el que havia descobert en els registres de les famílies dels Cinc Regnes, la dinastia dels Lom havia tingut tres filles, i cap hereu mascle. L'únic Herbert inscrit a la cort de Lom era el fill fadristern d'un oncle, que tenia tretze anys. I Herbert de Lom, evidentment, no en tenia tretze, d'anys. Haldorr estava segur que el príncep Herbert era jove, però no sabia quants anys devia tenir. Podia ser que els llibres de Haldorr s'equivoquessin? El bibliotecari va assegurar que s'ho tornaria a mirar amb més atenció, però fins a aquell moment les seves recerques indicaven que el príncep que havia vingut a Arcàndida era un impostor.

Nives va seure davant de la tia.

–Et veig més tranquil·la avui, Nives.

L'observació de la tia la va divertir molt, tenint en compte que s'havia passat pràcticament tota la nit sense aclucar l'ull.

–Efectivament així és, tia. Aquesta nit ho he vist tot més clar –va mentir també Nives.

Segurament mai com fins ara la comtessa Berglind i

Nives havien estat tan distanciades. Totes dues s'amagaven coses i s'estimaven més no parlar-ne, pensant que ho feien a fi de bé.

Onze, el pingüí més golafre del castell, els va servir el te, amb cinc galetes i moltes molles. Nives va somriure. Onze no perdria mai el vici d'arribar amb les safates mig buides.

–Més clar, estimada?

–Després de tot aquest avorriment, d'aquesta boira... i d'aquesta espera... estimada tia... He pensat que, de fet, teníeu raó: ha arribat l'hora de casar-me.

La comtessa es va mirar la neboda fent uns ulls com unes taronges i com si hagués vist un fantasma.

–Déu meu! Això sí que és una gran notícia! –va exclamar, al cap d'uns moments.

Nives es va empassar la bola que se li havia fet a causa de la mentida que acabava de dir. No solia mentir mai a la comtessa, però aquesta vegada hi havia una cosa molt important que s'havia de defensar, més important que la seva pròpia felicitat.

–I és per això que m'he tornat a plantejar la vostra idea d'organitzar una festa amb tots els pretendents.

–M'estàs dient... que vols que envïi les invitacions?

–Sí.

–Per tant... no m'estàs dient que et vols casar... amb el príncep Herbert?

–No –va admetre Nives–. Però, creieu-me... després d'haver-lo conegut a ell... m'agradaria conèixer els altres onze prínceps del regne, i... trobar entre ells... el meu futur espòs.

–I tant! –va fer la tia, comprensiva–. Al cap i a la fi... les invitacions... ja estaven a punt... i... potser...

–Oi que el cel s'ha aclarit? Tia, si el mar permet que les foques missatgeres surtin, jo us aconsellaria que les enviéssiu immediatament.

–D'acord –es va limitar a respondre la comtessa, massa desbordada per les emocions per poder afegir res més–. Era la meva idea inicial, abans que...

–Ja ho sé, tia. Però, per què ens hem d'aturar davant del primer obstacle? Si volem fer una festa, cal que ho intentem fins al final, no us sembla?

La vella dama va fer que sí amb el cap, ja que s'havia quedat sense paraules davant del canvi sobtat de la neboda. Després li va agafar les mans:

–Estic molt contenta de sentir-te parlar així, Nives. Estava tan preocupada per tu!

Fins i tot Nives estava contenta, malgrat que esperava no estar-se ficant en un embolic més gran que aquell del qual volia sortir.

~*~

La notícia de seguida va córrer per tota la cort. Per segona vegada en poques setmanes es va repetir l'estat d'agitació pels preparatius de la que hauria de ser la festa de prometatge de Nives. Hi havia, però, alguna cosa diferent: es respirava una tensió subtil a Arcàndida, tots semblaven titelles en mans d'un destí desconegut.

Nives se sentia atrapada: estava entre dos focs. L'única cosa de la qual estava segura era que cap príncep d'entre els nous convidats no la inquietaria tant com ho havia fet Herbert.

El príncep de Lom es va prendre la notícia amb una calma inesperada. No tenia en absolut la sensació que hagués perdut el seu possible avantatge davant dels altres pretendents. Després de la trobada nocturna als jardins del castell, les converses amb Nives havien continuat com si res no hagués passat. I com que ni Nives ni les cosines no n'havien dit res a la tia, semblava que tot continués com sempre.

L'única diferència era que la comtessa Berglind començava a esquivar les ocasions de conversa amb Herbert per por que ell li demanés més explicacions sobre la festa.

Nives, mentrestant, feia com si res, encara que per dins patia i es preguntava com acabaria tot plegat. Quant havien trigat a sortir les invitacions? Pocs dies. I la nova festa? El temps que trigarien els prínceps a arribar. Vindrien tots els convidats?

–Estigues tranquil·la –li repetia Thina, mentre li raspallava la llarga cabellera rossa–. Vindrà el teu príncep i et salvarà de Herbert.

–I si no fos així? I si sortís malament alguna cosa?

–Diuen que la mar s'està calmant i que demà les foques ja podran submergir-s'hi.

–Potser tens raó, Thina. És que tinc un nus aquí –i es va tocar la boca de l'estómac– que no m'abandona ni un minut.

–Demanaré a Olafur que et prepari una bona tisana calenta. Les herbes del volcà Hekta són miraculoses.

Era una bona idea.

Thina va sortir de la cambra i va deixar la porta entreoberta. Poc després va aparèixer el gran cap de Gunnar, que va picar dues vegades amb la pota.

–Quina sorpresa, Gunnar. Passa, sisplau!

Aquells últims dies el llop havia tingut un comportament especialment cautelós i reservat, més del que era normal. Però quan es va acostar a la princesa, va veure que duia alguna cosa damunt de la gropa: la seva capa blava, la que es posava quan anaven a cavalcar.

Els ulls de Nives es van aclarir com el cel després d'una gran tempesta. El llop va alçar el morro, com si li fes una pregunta muda. Era la seva manera de comunicar-se amb la princesa.

–Sí. És una idea esplèndida –va contestar Nives intuint el que li estava demanant.

Va agafar la capa, va escriure un breu missatge a Thina per avisar-la i va sortir de l'estança i d'Arcàndida, muntada damunt del seu Gunnar.

–Gràcies... –va dir baixet al llop blanc, quan van començar a galopar, deixant Arcàndida darrere seu.

19
Una cursa extenuant

Dues siluetes que es confonien en una de sola corrien veloces a través de la plana encara nevada del Regne dels Gels Eterns. Semblava que no tinguessin cap objectiu concret: de tant en tant canviaven de direcció, pujaven damunt d'un turonet i tornaven a baixar-lo, resseguien la plana del guèiser i tornaven a pujar fins als costers d'un volcà. Corrien només pel plaer de córrer. Nives estrenyia amb força el coll de Gunnar, que gràcies a aquella abraçada treia forces per córrer encara més veloçment.

Era una cursa alliberadora, que els duia lluny de les idees angoixants, de les preocupacions que aquells últims dies els havien fet tenir el cor en un puny i els havien mantingut en un silenci opressiu i resignat.

Quan van arribar a la cova del Gran Arbre, ja era ben entrada la tarda. Aquell dia l'arbre estava il·luminat per una llum estranya. Era molt difusa i especialment càlida.

Les fulles de les branques més altes, les més il·luminades, eren de color daurat i les grans taronges que hi creixien semblaven pilotes de bronze.

Helgi era a l'últim graó d'una vella escala de fusta. Quan els va veure entrar, va baixar a terra amb unes tisores de podar i un cistell a la mà.

–Benvinguda princesa! –va dir, alegre.

Nives, en un rampell de nostàlgia, es va llançar als braços de Helgi i es va posar a plorar. El jardiner es va quedar de pedra i no sabia com comportar-se. No sabia què turmentava Nives i no es podia imaginar ni de lluny la tristesa que sentia la princesa. Ella, en canvi, coneixia molt bé aquells braços forts que de petita tantes vegades l'havien enlairada fins a les branques més altes del Gran Arbre. Aquell home significava per a ella la possibilitat de recordar el seu passat, l'únic lligam amb tot allò que ja no existia, amb la seva felicitat. Es va deixar agombolar per la forta olor que desprenia, que tenia gust de terra, de fruits i de flors.

Helgi li va acariciar dolçament el cap amb les seves mans, tan grans i endurides per la feina d'anys. Després, quan ella es va enretirar una mica, la va mirar als ulls i, simplement, li va dir:

–No us heu de preocupar. Sereu una gran reina.

En sentir aquelles paraules, Nives va notar que una nova força, que potser només tenia oblidada, li brollava de dins del cor. Helgi tenia raó: una gran reina no s'espantaria, sinó que caminaria amb el cap ben alt davant de qualsevol dificultat. I ella ho havia de fer així, per merèixer el títol i el paper que li corresponien, per la gent d'Arcàndida i per tot el poble del Regne dels Gels Eterns.

Helgi va somriure i va assenyalar les taronges de les branques més altes:

–Mireu, princesa: aviat estaran madures i llavors serà el moment d'anar al poble –va dir en veu baixa.

La princesa es va eixugar les llàgrimes i va assentir amb el cap:

–El temps ha millorat.

Gunnar va somriure sota els bigotis. Veure Nives així li eixamplava el cor. El «poble» tenia poc més de cinquanta habitants que vivien sobretot de la pesca. Fidels a la cort, honestos i valents, segons els costums que es remuntaven a l'època de la guerra, cada primavera rebien d'Arcàndida les primeres taronges del Gran Arbre en senyal de respecte.

–Si hem d'anar al poble, doncs... –va dir Nives– ...val més anar-hi de seguida.

–Molt ben dit, princesa! Ja només és qüestió de dies.

–Tu què hi dius, Gunnar?

En sentir parlar del poble, Gunnar va gemegar, fluixet.

Havia estat el seu poble abans de convertir-se en llop. Abans de viure selvàticament amb els altres llops. I abans de prendre la decisió de posar-se al servei de la princesa.

Mentre Nives parlava amb Helgi de l'arbre o del jardí, Gunnar es va ajeure damunt l'herba, concedint-se una estona de descans. Se'n recordava perfectament, del dia que s'havia presentat al castell.

Quan havia sabut que calien voluntaris per formar part de l'exèrcit d'Arcàndida, Gunnar havia convençut els llops del seu ramat perquè el seguissin per oferir-se al servei de la princesa Nives. Els havia guiat a través de tot el Regne dels Gels Eterns fins al castell i, quan van ser davant de Kiram, el pont llevadís, Gunnar va entrar el primer. Com per art de màgia, el pont s'havia obert sense pronunciar el seu nom, gairebé com si hagués reconegut algú que li era familiar.

Després Gunnar havia deixat els llops al pati i havia pujat per l'escalinata de l'entrada entre els crits de sorpresa dels altres soldats, sense alentir en cap moment el pas.

Un llop a Arcàndida per protegir la princesa?

Va ser llavors que Gunnar va veure Nives per primera vegada. Duia un bellíssim vestit blau que li queia damunt de la pell blanca, i la llarga cabellera rossa i els trets delicats del rostre ja li conferien una gràcia reial.

Era al costat de la comtessa Berglind, silenciosa i respectuosa.

Gunnar se'n va enamorar de seguida.

–Vine cap aquí, llop –li va dir la comtessa Berglind, com si la seva presència no l'hagués sorprès gens–. Sóc una dona gran i no em puc enfrontar a totes les amenaces que posen en perill la vida de la princesa. Calengol és el més perillós de tots els monstres. La princesa Nives encara és petita i indefensa. Tu, llop, et veus amb cor d'assumir aquesta feina?

Gunnar es va fer acompanyar fins a la finestra. Tots dos s'hi van abocar i la comtessa va veure el grup de llops blancs, en filera i ben drets damunt la neu.

–Llops... –va murmurar la comtessa Berglind, sorpresa–. Aquest és el meu destí? Confiar a un exèrcit de llops

l'hereva del Regne dels Gels Eterns? Espero estar fent el més correcte.

Gunnar va fer un llarg, llarguíssim udol. I els seus llops el van imitar.

I, tal com s'havia adormit, de sobte Gunnar es va despertar.

Encara estava ajagut damunt de l'herba, al costat del Gran Arbre. Però Nives i Helgi se l'estaven mirant, preocupats.

–Què passa, Gunnar? –li va preguntar la princesa–. Per què has udolat?

Gunnar no era conscient d'haver udolat. Estava somiant. Però el somni havia estat tan intens, que li havia semblat real.

Va llepar la mà de la princesa.

«Sempre la protegiré», va pensar Gunnar.

~*~

La tia Berglind anava a passos curts però ràpids amunt i avall del corredor de la planta baixa: des de l'entrada fins al gran saló de les recepcions. Era gairebé l'hora de sopar i Nives encara no havia tornat a Arcàndida.

–Ja ha arribat? –preguntava amb la veu monòtona a tothom que trobava pel camí.

La resposta sempre era la mateixa:

–Encara no, comtessa. Em sap greu.

Quan va sentir el soroll de la portalada exterior que s'obria, es va abocar a la finestra i va entreveure les siluetes de Nives i de Gunnar.

–Gràcies a Déu! –va exclamar.

Fent petits salts, es va dirigir cap a la porta d'entrada. La seva manera de caminar recordava la dels pingüins cambrers.

–On has estat tant de temps? –gairebé va cridar, quan va tenir la neboda al davant–. Estava molt preocupada!

Nives es va treure la capa i la va donar als dos pingüins que havien corregut a esperar-la.

–Hem anat a fer una visita a Helgi i a l'Arbre –va contestar–. Ja és gairebé el moment de dur les taronges al poble.

La tia va mirar directament als ulls de la neboda. Era la primera vegada que Nives es recordava d'una de les obligacions del protocol. Semblava gairebé una resposta de reina.

Els ulls de la noia havien canviat, sabien més el que volien i, fins i tot, semblaven menys tristos. La comtessa va deixar de banda el neguit que havia passat i es va relaxar amb una expressió jovial, amb un immens somriure de satisfacció.

–Però hem de parlar dels preparatius!

–Anem al saló groc, i parlem-ne amb calma –va suggerir Nives.

–Oi tant! Em sembla perfecte –va dir la tia, que no veia l'hora de compartir amb ella la feinada d'organitzar la festa de prometatge.

Tia i neboda van passar les hores següents discutint un munt de petites coses, deixant fins i tot que s'endarrerís l'hora de sopar, que per a la tia Berglind era sagrada. La comtessa volia aprofitar a fons l'inesperat entusiasme de la neboda, i Nives només pensava en una sola cosa: posposar tant com fos possible la tria del seu promès.

Encara estaven capficades resolent mil detalls, quan Olafur els va demanar permís per entrar.

–Em temo que el sopar es deu haver refredat –va anunciar.

–Oh, Déu meu, que tard que s'ha fet. El temps passa volant –va balbotejar la comtessa.

I mentre deia això es va alçar i es va estarrufar una mica les faldilles.

20
L'escarabat blau cobalt

La nit queia damunt d'Arcàndida.

Nives es preparava per anar-se'n a dormir amb el cor més lleuger que aquells últims dies. Es va ficar al llit i es va tapar amb les mantes fins a sota el nas. A través de les finestres obertes va mirar el cel nocturn carregat d'estrelles. Li semblava que feia molt fred... O potser el que passava és que aquella nit estava més sensible del normal...

Pensant distretament en el dia que acabava de passar, es va adonar que no havia topat ni una sola vegada amb el príncep Herbert. Potser era justament allò, el que la feia sentir-se tan tranquil·la.

Sense ni adonar-se'n, es va adormir profundament. La

flama de la petita espelma de la tauleta de nit cremava lentament, transformant-se en complicades formes de cera blanca.

Un batec d'ales gairebé imperceptible va trencar el silenci de la nit. Una petita taca fosca va començar a moure's en la penombra d'una banda a l'altra, buscant alguna cosa. De tant en tant desapareixia a les zones més obscures i tornava a aparèixer al cap d'uns instants a la tremolosa llum de l'espelma que s'estava consumint gairebé del tot. Era un insecte: un escarabat de color blau cobalt.

El seu cos petit, protegit per una cuirassa articulada i brillant, es desplaçava d'una banda a l'altra de l'habitació. Era com si estigués esperant que Nives s'acostumés al soroll de la fregadissa de les ales abans d'apropar-se-li més a les orelles.

Es va aturar al peu del llit de la princesa, va emprendre el vol i es va posar damunt del coixí. Finalment, amb les potes rabassudes i curtes es va dirigir lentament cap a l'orella de la noia i amb una extrema lentitud s'hi va abocar.

Nives dormia profundament.

Una mena de xiulet molt suau que sonava com una cantilena i que no es distingia del poquíssim soroll que desprenia la flama de l'espelma es va difondre per l'habitació. Va durar uns minuts.

Després l'escarabat va tornar a baixar fins al coixí, va desfer el camí i, quan va ser prou lluny del cap de la princesa, va emprendre el vol cap a la finestra oberta.

La llum de l'espelma es va apagar i va deixar a l'aire l'olor agra de la cera cremada.

L'insecte de color blau cobalt va volar fins més enllà de les muralles de gel. Primer cap avall, cap al fossat, després cap amunt, cap als pavellons dels hostes, i a través de la finestra oberta, va entrar a la cambra del príncep Herbert. El jove duia una bata de seda fosca enrivetada amb fins brodats vermells.

Quan el príncep es va adonar que l'escarabat arribava, li va acostar la mà perquè s'hi enfilés.

A la llar de foc hi havia unes grans flames que cremaven en totes direccions.

–Ha anat tot bé, amic meu? –va preguntar Herbert, amb el rostre mig il·luminat i mig envoltat per la foscor.

L'insecte va batre les ales tres vegades.

–Bé, molt bé. El temps per seduir la princesa s'està exhaurint –va acabar dient Herbert, amb una ganyota de satisfacció–. Tant si ella vol com si no. No podem perdre més temps.

Va acariciar la closca del seu preciós escarabat blau. Aquell minúscul animaló havia estat ensinistrat per xiular a les orelles de Nives una lenta lletania en una llengua oblidada, amb l'objectiu de dominar la seva voluntat i acostar-la a Herbert.

Era gràcies a la feina nocturna de l'insecte que el príncep aconseguia anticipar-se a les accions de Nives, i, a vegades, llegir-li els pensaments. Cada nit l'escarabat destorbava els somnis de Nives, la convencia del vestit que s'havia de posar, o que anés aquí o allà. Sense adonar-se'n, Nives feia tot el que el príncep Herbert volia.

De fet, havia estat més difícil del que el príncep s'havia imaginat. S'havia quedat sorprès de la voluntat de ferro de la princesa, i encara que ja es notava que, a poc a poc, començava a cedir als seus desitjos, el temps se li estava exhaurint.

La nova festa, els nous convidats, els altres pretendents, tot allò era massa perillós per a ell i per als seus objectius. Havia de forçar els esdeveniments. Actuar de pressa. Si no, tot el que havia fet fins a aquell moment: l'atac del seu monstruós aliat amb aquells corbs rojos, la tempesta de neu, l'escarabat, els somnis... tot hauria estat en va.

–Aquesta nit, Arcàndida es tenyirà de vermell –va murmurar el príncep Herbert, tenebrós.

Llavors va posar l'escarabat damunt de la taula, prop de la petita capsa amb la tapa foradada on el guardava.

–Descansa, insecte dels somnis. He de preparar l'espasa.

21

L'aliança

Mentrestant, al llac gelat, Calengol i els seus corbs rojos es preparaven per sortir. Havien repetit el pla infinitat de vegades. Estaven a punt. Entrarien a Arcàndida per on ningú no es podia imaginar.

–Quan hi serem, no tindrem temps de pensar. Haurem d'actuar tots alhora, de pressa i amb decisió –els havia repetit Calengol amb la seva veu estrident.

Els corbs havien fet que sí amb el cap.

–Heu sentit les paraules del nostre amic... oi que les heu sentides?

El príncep Herbert, el seu amic, havia anat al llac glaçat durant el dia i els havia comunicat un canvi de plans:

Calengol i els corbs havien d'entrar en acció aquella mateixa nit.

Calengol li havia preguntat què havia passat. Per què aquest canvi? Herbert no havia contestat. S'havia limitat a dir que, si volia raptar la princesa Nives, calia entrar al castell aquella mateixa nit. Herbert havia dit que havia trobat un pas, un lloc segur gràcies al qual podrien introduir-se a Arcàndida. Calengol no veia l'hora d'aconseguir el seu l'objectiu. L'aliança amb Herbert li permetria finalment venjar la matança del seu poble: la princesa Nives seria seva i Herbert tindria el seu regne. I qui sap si algun dia, per què no?, el nomenaria conseller personal.

–I res de tornar a entrar per la cuina! –havia cridat Calengol. Gunnar hi feia més vigilància: aquell camí havia quedat inutilitzat.

–Entrareu pel pavelló dels hostes –els havia dit el príncep Herbert–. He supervisat el recorregut. Trobareu les portes obertes.

Era difícil, però no impossible.

Calengol es va imaginar volant damunt del fossat i aferrant-se a les relliscoses muralles del castell. La seva naturalesa monstruosa li permetia actuar com un animal i pensar com un home. Aquella era la banda amb més pendent i més escarpada del castell, ningú no es podria imaginar que es pogués pujar per aquells murs. Una vegada allà, entraria al castell per una finestreta que Herbert hauria deixat oberta al pavelló dels hostes. Després, pel pas que Herbert havia descobert, arribaria fins a una petita escala que connectava amb el palau reial i pujaria a la cambra de Nives.

–I el llop? –va preguntar de sobte Calengol.

–Del llop, ja me n'ocuparé jo –li havia contestat Herbert, decidit.

Era una empresa molt difícil per a la qual Calengol s'havia preparat sense descans. Els seus corbs havien volat enmig de tempestes de neu i vent, carregats de grans roques per reforçar les ales. I Calengol havia escalat les muntanyes més altes, buscant sempre la via més complicada i amb més pendent. Era fort i estava segur del que volia.

Els ulls li brillaven, assedegats de venjança.

–Som-hi! –va cridar, mentre recollia de terra una corda llarga i uns ganxos de ferro. La va fer girar per damunt del seu cap i, amb aquesta indicació, els corbs rojos van alçar el vol.

~*~

Molt lluny d'allà, el castell estava immers en el silenci més absolut. Herbert, assegut davant la finestra de la seva cambra, es mirava la lluna minvant i sentia com els pensaments se li succeïen ràpidament. Tenia l'espasa desembeinada, brillant, damunt dels genolls. Li tremolaven les mans.

Tenia por?

O simplement era que estava molt cansat?

Herbert sempre havia estat segur de què volia i de què havia de fer per obtenir-ho. Aviat es convertiria en el nou rei del Regne dels Gels Eterns. I no es conformaria només amb això. Arcàndida era el primer pas. Nives només era una part del seu gran pla. La princesa custodiava un secret, i el que Herbert volia era aquell secret.

Era un secret que li havia llegat el seu pare, el Rei Savi: un home que Herbert menyspreava.

Però no era fàcil manipular Nives, sense comptar amb

la influència que Gunnar, llop fidel i perillós, exercia en la princesa.

Aquell llop era un animal misteriós. Hauria donat la vida per salvar Nives, i Herbert ho havia entès perfectament, tot i que no veia del tot clara la naturalesa d'aquell sentiment tan fort.

Es va aixecar, molt inquiet, i va obrir la finestra. Va entrar una glopada d'aire gelat, perfecta per aclarir les idees. Es va posar dret davant de la finestra. Sentia el fred fins al moll dels ossos i se li gelava la sang. Va resistir durant uns minuts, mirant de congelar un antic dolor que només a estones podia dominar. No era només Nives qui havia perdut el pare. No era només a ella, a qui li dolia el passat.

–Aquesta nit... –va repetir el príncep Herbert, mig tancant els ulls a aquella gelor–... tot s'haurà acabat.

~*~

Erla es va regirar dins del llit. Li costava tornar a agafar el son quan Arla la despertava amb aquelles passejades de somnàmbula.

Sabia que al cap de poca estona s'havia d'aixecar i començar una llarga jornada de feina, i no tenia cap mena d'intenció de perdre les últimes estones de son.

–He de demanar que ens deixin dormir en habitacions separades. Això és el que he de fer. M'hi jugo la salut –es va lamentar, sola a la seva cambra.

Després va mirar al seu voltant: la fosca començava a donar pas a les primeres clarors del dia.

«Falta menys d'una hora per a l'esmorzar», va pensar. I, normalment, en aquests càlculs sempre era més aviat precisa, perquè sempre mesurava el temps a partir de les feines quotidianes.

Mentrestant, la seva germana continuava circulant pels passadissos. Adormida, havia recorregut tot el tercer pis, el que estava destinat a les cambres dels servents, i havia arribat fins a les escales. Després de nits i nits de pràctica, ara ja baixava les escales amb agilitat, potser fins i tot millor que quan estava desperta. Mai no semblava que tingués un objectiu determinat, però el que era segur és que sempre acabava ficada en un embolic o altre. Una vegada va ensopegar amb la preciosa col·lecció de tasses de porcellana de la comtessa Berglind, que Olafur havia deixat damunt d'una tauleta perquè les rentessin. Amb la topada, Arla va causar una trencadissa de peces de vaixella que va despertar mig castell. Tots, excepte ella, òbviament: de somnàmbula tenia un son fet a prova de bombes.

Aquell matí, Arla havia estat atreta per un corrent fred que circulava pels passadissos, pujava als pisos superiors, s'arremolinava pels grans salons endormiscats i es colava per sota les portes dels dormitoris. Seguint aquell estrany corrent, Arla va arribar fins a una finestra oberta a l'últim pis del pavelló dels hostes. Adormida com estava, la va tancar amb força i decisió, i no va veure que, de l'ampit glaçat, en penjava una corda trenada que, amb poca traça, va deixar atrapada pel marc de la finestra.

Sense ni adonar-se'n, es va creuar a dues passes amb una figura encorbada, amagada a l'ombra d'una llar de foc de pedra. Va ensumar, molesta per la mala olor que desprenia, i va continuar endavant.

–Vella cuinera... sempre has de ficar-te pertot arreu... –va murmurar Calengol.

Només que això hagués passat uns instants després, Calengol no hauria aconseguit entrar al castell.

–Endavant... endavant... ara som veïns! –va balbucejar parlant per a si mateix–. Només he de trobar el pas per arribar a la cambra de la princesa Nives i raptar-la.

Faltava menys d'una hora per a l'alba.

Va recórrer els corredors que Herbert li havia indicat, fins que va arribar a una petita porta. Va baixar les escales i va entrar al palau reial.

–Bé, bé... endavant... endavant... –va riure, complagut.

Però de sobte va sentir un soroll que no s'esperava.

Eren xiscles de dones, llunyans; més ben dit, no eren xiscles, eren laments.

Arla acabava de tornar de la seva passejadeta nocturna, travessant el jardí, i la seva germana, tot i que havia sentit a dir que als somnàmbuls no se'ls ha de despertar, l'estava renyant de mala manera, decidida a renegar d'ella com a germana si continuava despertant-la a mitja nit. Estaven organitzant tal rebombori, amb crits i trencadisses, que estaven a punt de despertar mig castell.

Calengol va accelerar el pas, procurant que ningú no el sentís.

–Val més que m'espavili abans que aquell parell despertin tot Arcàndida!

El guirigall havia desvetllat la princesa, que es fregava els ulls com si fos hora de llevar-se. El reflex blavós de les primeres llums del dia penetrava a través de les parets gelades, i il·luminava amb prou claror per poder veure les siluetes difuses dels mobles i altres objectes, sense que se'n distingissin clarament els detalls.

De cop i volta, i fent un bot rapidíssim, Calengol va aparèixer enmig de la cambra: la porta era oberta com li havia promès el príncep Herbert. Nives, que no s'ho esperava, es va quedar glaçada de por. Va notar dos braços petits i musculosos que l'envoltaven i li tapaven la boca, i una olor penetrant de florit que li penetrava pels narius.

No va tenir ni temps de cridar, que Calengol ja l'havia lligada i immobilitzada.

Nives es va sacsejar amb força intentant alliberar-se, però tot era inútil.

Va poder veure la cara de qui l'havia atacada. Calengol!

«On és Gunnar?», es va preguntar. «On són tots els altres? Tia Berglind! Thina! Tallia!».

La princesa va lluitar amb tota la seva ràbia, mentre amb la mirada intentava trobar una via de fugida al seu voltant.

La porta de la cambra es va obrir de cop.

Herbert!

22
El rescat del príncep

Quan faltava menys d'una hora per a l'alba, el príncep es va acabar de rentar la cara, amb l'aigua de la palangana que el majordom li havia preparat curosament damunt d'una tauleta en un racó de la seva cambra. També hi havia un bonic gerro panxut i una tovallola de lli finament brodada que havia dut un comerciant del Regne de la Sorra. Herbert es va mirar al mirall ovalat que hi havia penjat a la paret: l'aigua li regalimava per la cara i tenia els ulls cansats.

Havia arribat el moment d'enfrontar-se a Gunnar.

Sense ni tan sols eixugar-se, va agafar l'espasa per l'empunyadura daurada, la va embeinar veloçment i va sortir de la cambra. Es va moure tan de pressa com va poder, amb l'arma lligada a la cintura, passant pel mateix lloc que havia indicat a Calengol. No es va preocupar del soroll dels seus passos.

Quan va arribar al pis on hi havia la cambra de Nives, es va trobar amb Gunnar, que se'l mirava malfiant-se'n.

El príncep va posar la mà damunt l'empunyadura de l'espasa.

Va respirar fondo i... en aquell moment va sentir un crit llunyà.

–Ara prou, germana! –se sentia que cridava la veu d'Erla–. Vull dormir!

El príncep va enretirar de cop la mà i va assenyalar dins de la foscor cap als pisos dels servents.

–Em penso que està passant alguna cosa greu, allà dalt.

Gunnar no es va moure. Es van sentir sorolls de cops i després un terrabastall.

–I em penso que hi hauries d'intervenir –va insistir el príncep.

El llop blanc sentia la baralla entre les dues germanes; hi va pensar una estona: potser es tractava d'una nova aparició de Calengol; aleshores, inquiet, va trotar pel passadís per anar a veure què passava.

El príncep va aguantar la respiració fins que el va veure desaparèixer, després va somriure malignament i es va dirigir cap a la cambra de Nives.

Va acostar l'orella a la porta i després la va obrir de cop.

Calengol estava ajupit damunt del cos de la princesa, i en aquell moment l'acabava de lligar. Però Nives encara estava conscient, i quan va reconèixer Herbert, va obrir els ulls, terroritzada.

–Qui sou!!! –va cridar el príncep irrompent a la cambra de la princesa amb l'espasa desembeinada.

–Ah! –va replicar Calengol, reconeixent el seu amic–. M'havíeu espantat! No crideu!

–Deixeu immediatament la princesa, criatura monstruosa!

–Que la deixi? Però, què esteu dient? Sóc Calengol! –va respondre la criatura del bosc, en veu baixa.

–I jo sóc el príncep Herbert de Lom, futur espòs de la princesa Nives! –va contestar amenaçadorament i amb veu de tro.

–Delireu? No hi haurà ni espòs ni casament. La princesa és meva! Així ho vam acordar!

–Mai! –va dir amb un fort crit Herbert, aixecant l'espasa.

–Me les pagareu! –i tot seguit en Calengol va treure

un punyal de sota la cintura, el va acostar al coll de la princesa amb actitud desafiadora i va dir–: Deixeu-me anar, si no...

Pel corredor es va començar a sentir el soroll frenètic d'uns passos. Gunnar tornava al galop. També se sentien les veus de la comtessa Berglind i d'Olafur, que li anava repetint:

–No correu, comtessa!

A la cambra de Nives, Herbert va fer mig pas endavant. Calengol es va aturar, agafant ben fort el cos de la princesa.

Gunnar va aparèixer per la porta, però es va quedar immòbil. El príncep Herbert, sense girar-se, li va fer un senyal que no entrés.

–Quiet! Du un punyal!

Llavors va fer temps fins que van arribar els altres. La comtessa va emetre un petit xiscle i es va desmaiar entre els braços del majordom. Herbert no va esperar més: d'un salt va ferir Calengol amb l'espasa, inesperadament.

La criatura primer es va mirar la taca de sang fosca que començava a tenyir els parracs que vestia, i després el seu amic, sense entendre res.

Fet una fúria, es va llançar contra el príncep i li va

mossegar el braç en què duia l'espasa, posseït per una ràbia desmesurada.

Herbert no va deixar anar la presa. Va agafar amb rapidesa i habilitat el braç armat de Calengol i el va estrènyer amb totes les seves forces mirant de fer-li caure el punyal a terra.

–Què feu? –cridava Calengol, agitant-se amb tota la seva fúria.

–Torna-te'n cap on has vingut, monstre!

–Deixeu-me Nives i me n'aniré –va tornar a murmurar en una pausa de la lluita–. És meva! No me la podeu prendre!

–Mai! Mai no serà vostra!

Herbert li va tòrcer el braç i finalment va aconseguir arrencar-li el punyal de les mans.

Després va agafar Calengol pels braços

i el va llençar finestra avall amb una violència i una força increïbles.

El salt pels aires de Calengol va ser tan sobtat que els corbs rojos que s'esperaven a fora no van tenir temps d'agafar-lo.

Calengol va topar amb les muralles, després va caure al fossat, i allà va ser engolit per la voràgine sense fons, on es va perdre, per sempre, en els vapors gelats d'aquelles profunditats.

SEGONA PART

23

Un costum cruel

A la cambra de Nives es va imposar el silenci.

La suau catifa verda estava tacada de sang. El príncep Herbert, dret davant de la finestra, mirava encara cap enfora, cap al fossat.

Gunnar i Olafur van deslligar immediatament la princesa. Es van assegurar que estigués bé i la van asseure damunt del llit.

–Gràcies a Déu i a tots els sants. I visca! –va exclamar Olafur.

També van entrar les dues cosinetes, precedides i anunciades pel crit de sirena de Tallia.

Recuperada del desmai, la tia Berglind es va anar refent a poc a poc: es va adonar que encara duia la roba de dormir i es va posar vermella, però, malgrat tot, no va tenir força per aixecar-se i es va quedar ajaguda mentre repetia:

–Oh, Déu meu, em desmaio. Oh! Déu meu, em desmaio.

Una mica apartat, el príncep Herbert semblava que gaudís de l'escena. Va dirigir una mirada de desafiament a Gunnar. Un desafiament, però, que ja tenia guanyat, perquè ell, el príncep, havia estat allà quan Nives havia necessitat ajuda.

El llop n'era del tot conscient, i patia.

Erla va arribar al cap d'una estona i li va posar un ungüent curatiu al braç, fet a base d'arrels.

El príncep la va deixar fer.

Sabia perfectament que havia fet una cosa important.

I que a Arcàndida les coses estaven a punt de canviar.

~*~

Al cap d'unes hores, algú va trucar a la porta de la cambra de la comtessa Berglind.

–Endavant –va contestar ella amb un fil de veu.

La porta es va obrir i va entrar Nives. Anava vestida de blau cel, com els seus ulls, intensos i tristos.

La comtessa estava asseguda en una butaca entapissada amb brodats de fils de plata amb els peus recolzats en un puf de pedra volcànica damunt del qual hi havia un suau coixí.

Olafur la refrescava amb un mocadoret mullat al front que li tapava mig camp visual. Tot i que feia moltes hores que el dia s'havia aixecat, les cortines brodades de petites perles estaven tirades i feien, juntament amb les parets de gel, cascades d'ombres purpúries.

–Bon dia, tia. Com esteu? –va preguntar Nives.

–Més bé, Nives. I tu?

–Jo també estic millor. –Nives va mirar-se Olafur, que, rígid i estirat al fons de la cambra, sem-

blava més un vell rellotge que no pas una persona de carn i ossos.

–Ah, estimada. A la meva edat, certes emocions són terribles...

–Em sap molt greu, tia.

–Però, per què? No és pas culpa teva.

Nives va seure al sofà, acariciant el teixit fi de la tapisseria, amb la mirada absorta i preocupada.

–Si més no ja no haurem de témer els atacs d'aquell monstre... d'aquell...

–...d'aquell Calengol –va dir Olafur, des de darrere.

–Sí –va contestar Nives en un to exhaust.

La comtessa es va treure el mocador dels ulls.

–A mi em sembla que ens n'hem d'alegrar. I Olafur hi està del tot d'acord.

–Sí, és cert, però... matar-lo d'aquella manera... I, en qualsevol cas, em temo que sempre més tindré por de dormir a la meva cambra.

–Potser no... –va dir la tia, decidida.

–Què voleu dir, tia?

–Vull dir que, si no hagués estat pel príncep Herbert, Nives, ara... –la comtessa es va ventar amb les mans, per fer fora una imatge desagradable i després es va posar a sanglotar– ...ara no sé on series.

–Ha estat cruel.

–Cruel però necessari, tresor meu –va afirmar sense dubtar la tia–. Si no hagués estat per ell...

I va tornar a repetir el gest d'abans.

–El príncep el podia haver desarmat. I Gunnar l'hauria tancat als calabossos.

–I viure tota la vida sota la seva amenaça? Oh, estimada! És millor així!

–En canvi, jo penso que Herbert de Lom és un home malvat –va insistir Nives.

–Però, estimada, com pots dir una cosa així? El príncep és un home valent i fidel. T'ha salvat la vida, no te n'oblidis.

–A costa de la d'aquella criatura infeliç. La meva mare sempre deia que s'havien de respectar totes les vides. Fins i tot la dels teus enemics.

–Llàstima que el teu pare no hi estigués completament d'acord. Et recordo que ell ens va dur la guerra. I que la guerra va comportar moltes morts.

–Però no tenia altre remei! El meu pare havia de vèncer el Vell Rei i salvar el Gran Regne de la seva malvada màgia.

La insolència de Nives resultava excessiva a la comtessa i amb un gest contundent es va treure el mocador del front. El va donar a Olafur, perquè el refresqués.

–Ja n'hi ha prou, Nives! No t'he cridat per parlar del teu pare i de la teva mare, sinó de tu. I del príncep Herbert...

–No hem de parlar de res que es refereixi al príncep Herbert i a mi.

Nives no aconseguia dissimular la seva ràbia. Sabia que havia de respectar la comtessa, però en aquest moment no aconseguia contenir la desil·lusió i la ràbia per tot el que estava passant.

–Tu saps prou bé, Nives, que aquí, al Regne dels Gels Eterns... –va continuar la tia–, hi ha unes normes de comportament, que provenen dels antics costums. Una reina ha de respectar per damunt de tot aquestes regles i ha de ser exemple per al seu poble. Ha de saber què és el respecte, el reconeixement formal, la llei. Oi que saps perfectament de què parlo, estimada?

–Ja he donat les gràcies al príncep pel seu coratge, i...

–El príncep Herbert de Lom t'ha salvat la vida i tots nosaltres li devem alguna cosa més que un simple agraïment. Entens què vull dir?

Nives no sabia on la tia volia anar a parar.

–Em penso que no.

La tia Berglind va picar de mans i tot seguit va aparèixer la figura alta i prima de Haldorr, que duia sota el braç un voluminós llibre amb una coberta de mareperla blanca.

Haldorr caminava encorbat, arrossegant els peus, que semblava que li pesaven massa, i quan es va trobar amb la mirada de Nives va abaixar els ulls cap a terra, com si s'avergonyís d'alguna cosa o se'n volgués excusar.

–La llei del Regne dels Gels Eterns, estimada neboda... –va dir la tia, demanant a Haldorr que obrís el llibre i llegís el paràgraf corresponent– ...és ben clara pel que fa a aquest tema.

El bibliotecari es va aclarir la veu i, més aviat incòmode, va començar a llegir:

–En el cas que la princesa regent del Regne dels Gels Eterns, lliure de qualsevol lligam o promesa, i encara soltera, sigui salvada d'un perill de mort, i amb ella se salvi també la supervivència del regne, està escrit que ella haurà d'acceptar qualsevol petició que el seu salvador li faci, amb el cor obert i agraït...

–Petició? –va interrompre Nives, en un to de veu més agut del que hauria volgut–. Quina petició?

–De casament, estimada neboda meva. El príncep Herbert de Lom m'ha demanat formalment la teva mà –va concloure lapidàriament la tia.

Nives, derrotada per la confusió, no va poder dir res. Va abaixar el cap per amagar les primeres llàgrimes que li estaven a punt d'aparèixer al voltant de les parpelles.

«Acceptar amb el cor obert i agraït... acceptar amb el cor obert i agraït», Nives es continuava repetint les paraules de Haldorr.

La cambra va quedar enterrada en un silenci pesant i terrorífic.

La comtessa, que odiava haver de posar-se tan dura, de seguida va permetre que la neboda es retirés:

–Ja te'n pots anar, Nives.

La noia va fer un petit gest i va sortir de la sala amb un nus a la gola. No es va mirar ni el bibliotecari, ni el majordom, ells no en tenien cap culpa. Però la tia Berglind tampoc. Ella es limitava a seguir les regles des que havia nascut.

La princesa va tancar la porta darrere seu i va començar a córrer escales avall.

Va sortir al jardí i va continuar corrent, tan de pressa com va poder.

Dels ulls li queien tantes llàgrimes, que semblava que mai no s'aturarien.

«Per què justament a mi, pare?», es preguntava, corrent enmig d'aquell riu de llàgrimes. «Per què?».

No tenia cap resposta a punt. Només unes ganes immenses de fugir, de córrer fins molt lluny.

Es va entrebancar amb una arrel que sobresortia; va caure a terra, de bocaterrosa. No es va moure, i va sentir com la terra bategava sota les seves galtes molles: començava a fer olor d'estiu. Era la seva terra, no en podia escapar. S'havia d'aixecar i lluitar.

~*~

El pobre Haldorr no es podia estar quiet. Anava amunt i avall a la torre de la biblioteca, movent les mans i esbullant-se els cabells.

–Ho entens, Gunnar? Ho entens? –anava repetint al gran llop blanc, que hi havia anat just quan s'havia assabentat de l'enllaç de Nives amb el príncep Herbert–. És com si fos culpa meva! Però no hi puc fer res! És la llei! Són les nostres regles! I nosaltres no ens podem saltar les nostres pròpies regles! Són la base del nostre regne.

Gunnar va udolar en veu baixa. Estava d'acord amb el bibliotecari, com hi estaven la major part dels habitants del castell. Tots coneixien els usos i costums d'Arcàndida, però ningú no podia felicitar ni la princesa ni la comtessa per la decisió presa.

Arla i Erla parlaven del tema mentre amassaven pa i treien pastissos del forn, però canviaven de tema de seguida que sentien un sol pas que s'acostava. Vana esperança, la de tornar a veure Nives entrar a robar la melmelada dels pots de vidre! Mentrestant, la comtessa elaborava una llista de noms de tots els convidats a la cerimònia. Olafur i els pingüins feien la seva feina sense dir ni una sola paraula. Helgi, en canvi, no s'havia assabentat de res.

–Tot ha acabat malament, Gunnar! –repetia Haldorr–. I et dic que ha anat malament des del principi. Des del dia que aquell home va arribar aquí.

Es va mirar el llop, que seguia tots els seus moviments:

–Ah, si em poguessis entendre!

Gunnar s'hi va acostar i Haldorr li va acariciar el front, entre les dues celles:

–Ja sé que m'entens més que cap altre animal!

Gunnar es va esperar pacientment que el bibliotecari continués desfogant-se.

–No s'havia vist mai una tempesta de neu com la de les últimes setmanes. Es podria dir que ha estat causada de manera artificiosa per impedir que ningú no pogués arribar a Arcàndida. Per aïllar-nos dels altres regnes.

Gunnar va tornar a udolar sense alçar la veu.

–Exactament... amic meu... exactament. Per impedir que qualsevol altre pogués arribar fins a aquí i, en canvi, permetre a algú que s'hi pogués quedar. Una tempesta de neu i boira són estranyes a la primavera!

El llop es va refregar contra les cames del bibliotecari i després es va apropar a la finestra, mirant enfora.

–Impossible, sens dubte, sense recórrer a encanteris dels núvols i a pocions màgiques de boira. Entens el que dic? Després d'unes setmanes de neu hi he estat pensant, i he fet comprovacions... és possible ferlos, si consultes els llibres prohibits. Llibres de màgia que el Rei Savi va destruir per sempre més. Màgia dolenta, Gunnar. Màgia que ha de desaparèixer. Que ja havia desaparegut. Tenim còpies d'aquells llibres a la torre només per poder-nos defensar en el cas que... algú... els tornés a utilitzar. Una tempesta de neu a la primavera! Hi ha tantes coses estranyes, Gunnar.

Gunnar va tornar a ensenyar les dents.

–Jo també hi he estat pensant. La invitació amb què es va presentar, te'n recordes? Era una de les dotze que hauríem hagut d'enviar amb les foques missatgeres. Una d'aquestes!

El bibliotecari va ensenyar a Gunnar la capsa lacada de color vermell i turquesa, amb les onze invitacions en blanc:

–No les pots llegir, naturalment, perquè no estan dirigides a tu. Però només n'hi ha onze, ho veus? Jo no les he enviades mai. Com pot ser que faltés la seva? Hi he estat pensant dies i dies, i després... justament ahir... quan va tenir lloc l'atac de Calengol... hi vaig caure.

Va ensenyar al llop una ploma roja. Una ploma de corb.

–Poc abans que arribés el príncep Herbert, Calengol va atacar la cuina. I jo penso que no ho va fer només per espantar-nos.

Gunnar recordava l'atac.

–Si Calengol d'alguna manera hagués sabut res de les invitacions, un dels seus corbs hauria pogut pujar a la biblioteca i robar-ne una. No era gens difícil. Per recordar les invitacions que ja havia escrit amb tinta de Hekta, vaig anotar el nom, ben visible, a cada sobre. El corb, ensinistrat per Calengol, només havia d'agafar amb el bec el sobre adequat i... dur-lo al príncep. Ell ja era aquí. Però, com hi va arribar? He consultat les naus del port. Herbert no va embarcar en cap. És com... si hagués aparegut misteriosament!

Gunnar es va alçar, decidit.

–Però això significaria que Calengol i... Herbert... d'una manera o d'una altra estaven... d'acord. I és horrible només de pensar-ho. I a més... no tenim manera de saber-ho, o de poder-ho provar. No n'hi ha prou amb la sospita d'un vell cap emblanquinat com el meu... Herbert de Lom... Veus el seu nom en aquest llibre de les dinasties dels Cinc Regnes? És el fill fadristern dels Lom. No hauria de tenir més de tretze anys! Jo sabia que havia de ser jove, però no em pensava que ho fos tant... Tot és molt sospitós, Gunnar! I se'm menja la ràbia. Si sabés que Nives és feliç, mai no hauria pensat aquestes coses! Però... què fas Gunnar?

El llop s'havia enfilat damunt la taula i havia bolcat la capsa de fusta turquesa i vermella que contenia les onze invitacions. Després les havia agafades, lentament, amb les potes.

–Per què?

El llop va agafar de les mans del bibliotecari el llibre

de les dinasties dels Cinc Regnes, el va deixar a terra i va posar una pota damunt del nom de Herbert de Lom.

Després es va dirigir al petit escriptori, buscant el flascó de tinta Hekta, mentre Haldorr se'l mirava estupefacte. Semblava que li estigués parlant.

El llop i el vell bibliotecari van aconseguir comunicar-se entre ells a través de gestos.

–Onze invitacions... M'estàs dient que torni a escriu-

re la dotzena? Per a Herbert... sí. I... que l'hi enviï? Però... la comtessa ha donat ordres de suspendre la nova festa dels prínceps i d'organitzar el banquet de casament! Com? En secret? Tu i jo? Però... no podem! Jo sóc un simple bibliotecari, Gunnar... mentre que tu... tu només ets un llop!

Haldorr es va mirar fixament el llop blanc i, durant una llarga estona, va sentir un calfred que li recorria l'espinada. Era com si hagués vist alguna cosa, al fons d'aquelles enormes pupil·les.

–Però, tu, realment, qui ets? –va murmurar el bibliotecari, fascinat per aquella mirada.

Llavors, sense esperar cap resposta, es va asseure a l'escriptori i va fer el que havien decidit.

–Les enviarem demà mateix. I ja veurem què passa –va acabar dient Haldorr.

24

De visita

Herbert de Lom estava profundament satisfet. Finalment, les coses començaven a anar-li bé. Aviat Nives seria la seva esposa i Arcàndida el seu regne. Sabia que a palau no se l'estimaven, però això tant li feia. Una vegada fos rei, podria descobrir el secret que buscava.

Al cap d'una setmana de l'anunci oficial, quan les invitacions ja s'havien enviat, incloent-hi les que Haldorr i Gunnar havien preparat en secret, Helgi es va presentar a la cort, amb un cistell de taronges.

No sabia res de les noces.

Quan ho va descobrir, es va limitar a negar amb el cap. I, tot dinant, es va confiar a les dues cuineres:

–Jo em penso que no hi haurà cap casament.

–Rucades! Ja està tot preparat! Els convidats començaran a arribar d'un moment a l'altre!

Però a Helgi no el van fer canviar d'idea:

–Nives no me n'ha dit res. I jo estic segur que això significa que el matrimoni no se celebrarà.

En aquell mateix moment, Nives i el príncep Herbert parlaven amb la comtessa. Enmig tenien el cistell de taronges.

–No podem faltar ni a les nostres obligacions ni a les solemnes promeses –va dir la comtessa–. Seria imperdonable.

Herbert escoltava en silenci.

–Per tant, he pensat que avui fareu la vostra primera visita oficial.

–Abans de casar-nos?

–Saps perfectament que la princesa ha d'anar al poble al començament de l'estiu.

–Hi podem anar Gunnar i jo, com hem fet sempre! –va protestar Nives.

La noble dama va negar amb el cap:

–En canvi, a mi em sembla que hi anireu amb una delegació de la cort, i que tu, Nives, presentaràs el teu futur marit als vilatans.

–Hi ha un poble? –va preguntar en aquell moment Herbert, fent veure que no n'estava assabentat.

–Sí, príncep. Està situat a l'altra banda del regne, són ben pocs habitants. Súbdits honestos i lleials.

–Estaré encantat d'anar-hi. Quan sortim?

–Tia... sisplau... –va intervenir Nives.

–Podeu marxar de seguida. Ja duem un retard imperdonable –va dir la comtessa–. I quan torneu, tot estarà a punt per al casament.

Nives va sentir com si una punyalada li travessés el cor.

L'expedició de les taronges es va preparar a correcuita. Gunnar va donar instruccions molt concretes als seus llops: havien de protegir Nives de qualsevol persona, fins i tot del seu futur marit. Hi anirien sis llops, amb Gunnar al capdavant obrint camí. Herbert hi aniria amb el seu cavall negre. Nives, amb un corser blanc. Tancant la comitiva, el trineu daurat amb la fruita del Gran Arbre.

Poc abans de sortir, van descobrir la petita Tallia que s'havia amagat darrere de les llances brillants que protegien la càrrega i va començar a córrer, morta de riure, pel pati, perseguida pels servents fins que els llops la van atrapar.

Nives va ser l'última d'arribar. Va aparèixer al capdamunt de l'escala que duia fins a l'entrada del castell i la seva aparició va ser anunciada a tothom per un potent crit de Tallia, que va trasbalsar l'aire net del dia amb un agut:

–Estàs preciosa!

Duia un vestit blanc i daurat amb una faldilla molt ampla i un cosset estret cobert de brodats d'or. Les mànigues, també estretes, acabaven en punta i queien damunt del dors de l'esvelta mà. Portava els cabells recollits en un complex pentinat vertical, subjectat per un entramat d'agulles de pedres precioses i agafat lleugerament damunt del front amb una petita corona de diamants.

Semblava una autèntica reina.

La comtessa Berglind es va emocionar de tanta felicitat com sentia. Des de dalt de la torre de la biblioteca, Haldorr admirava tota aquella bellesa prement els punys a causa del malestar que li produïa no haver trobat cap solució a la severitat del protocol general. A través de les finestres de la cuina, Erla i Arla van sospirar com dues mares afectuoses.

Nives va pujar al seu cavall blanc sense dir ni una sola paraula. No hi va haver ni aplaudiments ni celebracions. I tots es van posar en marxa.

Feia un gran dia de sol i les tempestes de neu ja eren només un record llunyà. El príncep i la princesa anaven l'un al costat de l'altre, com era costum al regne.

De tant en tant Nives explicava a Herbert alguna anècdota dels llocs per on passaven; moltes vegades era ell qui preguntava.

Deixant el port al darrere i les muntanyes del Gran Arbre a l'esquerra, van agafar el Camí Reial, es van dirigir cap a l'interior del regne, cap a l'Altiplà Oriental, on des de feia segles brollava a intervals regulars el gran guèiser. «El Respir del Món» s'alçava dret cap al cel. Era el nom que li havia donat el pare de Nives, a qui li agradava molt contemplar-lo quan encara regnava damunt dels gels. Es van dirigir lentament cap a l'est.

Van passar per les planes, l'una rere l'altra, mentre pujaven a poc a poc cap a l'Altiplà Oriental.

A l'horitzó, el Mar dels Camins brillava, solcat pels Sentinelles, enormes icebergs blavosos que semblaven muntanyes en moviment. A l'est, en canvi, es veien unes llunyanes columnes de fum que s'enfilaven cap al blau del cel.

–Són els tres Grans Volcans –va explicar Nives, que coneixia perfectament el seu regne–. El més gran es diu Hekta i, una mitjana de dos cops l'any, escup cendres i lapil·lis. El segon volcà es diu Bredan, és més tranquil, però continua traient fum. El tercer, Turos, allà sota, sorgeix directament dels gels. Una vegada vaig veure la lava des de lluny. Vermella com una pedra preciosa. I líquida com el mar.

–M'imagino que no hi viu ningú.

–A banda del poble on ara anem i del port, no hi ha cap altre assentament. Fa molt temps allà baix hi havia un gran bosc –i va assenyalar un punt llunyà cap al sud– que va ser destruït durant la guerra. I els grans arbres van desaparèixer del regne.

–Hi vivia algú?

–Sí. Els habitants del bosc es van negar a deixar les seves cases. Van morir tots, menys un, que encara era viu fa poques setmanes. La criatura que vós vau matar: Calengol. Considerava el meu pare responsable de l'incendi, i havia jurat venjar-se.

–I no va ser culpa del vostre pare?

–No! Va ser un cavaller del Vell Rei qui va incendiar el bosc. Però, quin sentit té parlar-ne, ara? Anés com anés, el passat és passat.

A última hora de la tarda, la comitiva va arribar al poble. El paisatge havia canviat radicalment en l'última part del trajecte. Les grans planes havien donat pas a turons de pedra i gorges de roca volcànica, que serpentejaven fins al mar. I el petit centre habitat era un nucli de cases envoltades per una paret de pedres negres travessades per un riu glacial, impetuós i gris, que duia fins a una immensa extensió de gel. El Mar Immòbil, el mar quiet del nord, d'un color blau fosc i brillant, s'estenia davant seu.

–Poseu-vos-les... –va dir en veu baixa Nives, mentre

oferia al príncep unes ulleres damunt les quals hi havia una fina xarxa de metall, que protegia de la reverberació–: No és fàcil acostumar-se al mar de gel.

Els va rebre el cap de la vila, un home petit i prim, amb una mirada altiva i noble. Es fregava aquelles enormes mans com si fossin pedres de sílex, mentre esperava fer-ne alguna cosa útil.

–Benvinguts! –va dir en un to solemne.

I ho pensava de veritat, ell, que era feliç de tenir l'honor de poder ajudar la princesa a baixar del cavall. Després va demanar a un dels nois del poble que s'ocupés de l'animal.

–És un plaer immens ser a quí –va contestar Nives oferint-li la mà.

El príncep, que s'havia mantingut en silenci, va descavalcar tot sol de la sella i va donar al noi les brides del seu cavall.

Els habitants del poble se'l van mirar encuriosits, mentre esperaven que els fos presentat.

Nives es va veure obligada a complaure'ls.

–Avui sóc aquí per un motiu especial, senyors vilatans. Ell és el príncep Herbert de Lom, el meu promès –va dir d'una sola tirada per no notar el nus que tenia a l'estómac.

La gent del poble va aplaudir i cridar d'alegria.

–Doncs ho haurem de celebrar! –va dir el cap de la vila a la seva gent.

De seguida es van posar a descarregar les taronges, les van posar en plats de fusta i van col·locar unes taules de pedra al voltant de la petita plaça.

Van posar al foc piles de branquillons i de torba premsada, i el van atiar fins que va arribar a l'alçada de les teulades de les cases. Algunes dones van agafar uns peixos dels cistells i els van col·locar amb molt de compte damunt d'una graella de ferro que van posar damunt les brases.

Per torns, els homes del poble es presentaven al príncep Herbert, i cadascun li explicava una petita història de la seva vida quotidiana. El príncep escoltava amb paciència i amb respectuós interès. A Nives, en canvi, se li va acostar una dona.

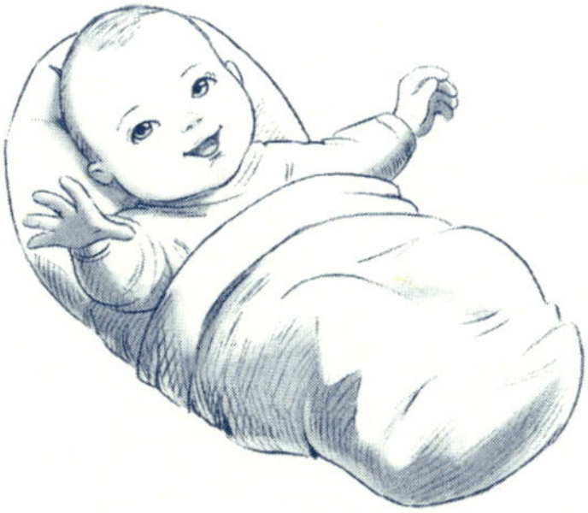

–Seria un gran honor, princesa, que volguéssiu veure el meu fill petit, acabat de néixer –va dir.

Nives la va seguir fins a una caseta modesta. El petitíssim bebè dormia en un bressol fet de retalls de roba, però quan Nives s'hi va apropar els seus ullets clars es van obrir de cop i la seva boca sense dents va dibuixar un meravellós i dolç somriure.

–És la benvinguda més bonica i dolça que em podíeu fer –va dir Nives, fent un petó al bebè i felicitant la mare–. Sou una dona afortunada.

–Jo també desitjo que vós pugueu gaudir aviat de la mateixa fortuna, princesa Nives.

Sense dir una paraula més i amb un persistent nus a l'estómac, Nives va tornar a la plaça, on ja havien rostit els primers peixos, que feien olor de fumat. El cap de la vila havia aconseguit un rudimentari violí amb què sovint alegrava les nits d'estiu al voltant del foc. Se'l va posar sota la barbeta, amb molt d'ofici, i va aixecar l'arquet, un bastó prim amb un tendó d'animal tibat entre tots dos caps.

Quan el va fer lliscar contra les rudes cordes, l'instrument va emetre un so entre agut i malenconiós. Una dona el va acompanyar amb una veu suau, amb un cant melodiós i ric, que parlava de fred, neu i vent.

La cançó explicava la història d'un nen que no havia tornat mai a casa i que ara s'estava amb els llops.

Era un cant que semblava que sorgís directament de

les profunditats d'aquella terra freda, amb la força, l'escalfor i l'energia d'un volcà en erupció.

I si els llops haguessin pogut plorar, aquell vespre Gunnar ho hauria fet, perquè aquella cançó parlava justament d'ell.

25
La tornada a Arcàndida

Gunnar es va despertar d'un sobresalt, com si sortís d'un pou negre.

Feia molt de temps que no dormia tan profundament i, sobretot, que no somiava d'una manera tan intensa. Va mirar al seu voltant i sota les mantes va veure la silueta de Nives, que es movia lleugerament. La princesa somiava alguna cosa desagradable, arrugava el front i tenia una expressió preocupada.

Lentament, Gunnar s'hi va anar acostant i, amb uns petits cops de morro, la va despertar.

–Gunnar, ets tu?

Gunnar es va quedar mirant-la. Coneixia la princesa millor que ningú, des que havia nascut. L'havia vista créixer, madurar i convertir-se en una dona, i havia vist com cada dia es feia més bonica, mentre que ell, lligat per l'encanteri que li havia salvat la vida, perdia lentament la vitalitat dins aquella frondosa pell de llop.

–Somiava amb el pare –va confessar Nives. Després va sacsejar el cap per allunyar aquells pensaments.– Era un somni bonic, però de cop i volta es tornava terrorífic.

Un insecte amb la closca de color blau cobalt va alçar el vol. Gunnar el va veure desaparèixer enmig del cel clar que precedia l'alba, i se'n va oblidar.

Nives va seure damunt de les mantes que li feien de jaç.

–Tu no m'amagues res, oi? –va preguntar al llop mentre li acariciava l'enorme cap–. I sempre estaràs amb mi?

Ell va fer que sí.

–Hi ha una cosa que encara no saps de mi... –va murmurar Nives–. Una cosa que va passar fa molts anys. Poc abans de morir el meu pare, em va ensenyar un petit poema i em va dir que el guardés molt ben guardat, perquè m'hi anava la vida. Em va dir que en aquell poema s'amagava el secret, i l'harmonia, de tot el que formava el Gran Regne. Em va dir que el poema havia de ser sempre meu, només meu. I que només podria compartir-lo amb l'home a qui... oh, Déu meu! –va exclamar

Nives, escoltant els sorolls que venien de fora de la tenda–... amb l'home que estimés.

Gunnar s'hi va acostar i Nives el va abraçar.

–No vull que Herbert conegui el poema del meu pare... –va murmurar Nives–. No és l'home que estimo. Només és l'home amb qui estic obligada a casar-me!

Gunnar li va donar uns quants cops amb el morro.

–No estic obligada a revelar-l'hi. I ell no el descobrirà mai. Està ben amagat, a Arcàndida: el guardo al meu refugi secret... –Aleshores Nives va aixecar tres dits de la mà dreta:– Pacte a tres –va dir–. No ho puc explicar a ningú. Ni tan sols a tu, si no Thina i Tallia s'enrabiarien!

Més tard van sortir de la tenda, van acomiadar-se de la gent del poble i els van prometre una segona visita després del casament.

~*~

Van emprendre el camí de tornada. Un viatge clarament més silenciós que el d'anada. Tothom estava perdut en els seus pensaments.

Quan van tornar al castell, va començar una llarga espera.

Els dies passaven lents, l'un darrere l'altre. Nives es tancava sempre a la seva cambra, llegia i escrivia, i malgrat els esforços de Thina i Tallia per fer-la somriure, sempre feia cara de resignació. Era com si aquell casament li hagués pres l'alegria de viure.

La comtessa preparava minuciosament les taules de la recepció i Olafur la seguia, executant amb diligència totes les seves ordres.

Gunnar mirava el mar, esperant rebre ben aviat bones notícies. També passava molt de temps a la biblioteca, mirant de descobrir alguna cosa sobre el poema de què li havia parlat Nives, però sense poder-se confiar al bibliotecari, amb la qual cosa l'objectiu esdevenia pràcticament impossible d'aconseguir.

Només hi havia una manera d'aconseguir-ho.

I era comunicant-se amb Nives.

~*~

Va trucar a la porta de la seva cambra amb tal determinació que la va espantar.

–Què passa, Gunnar? Què vols?

El llop blanc es va dirigir cap a un racó de l'habitació, va arribar fins a la tauleta de nit de la princesa i, amb les

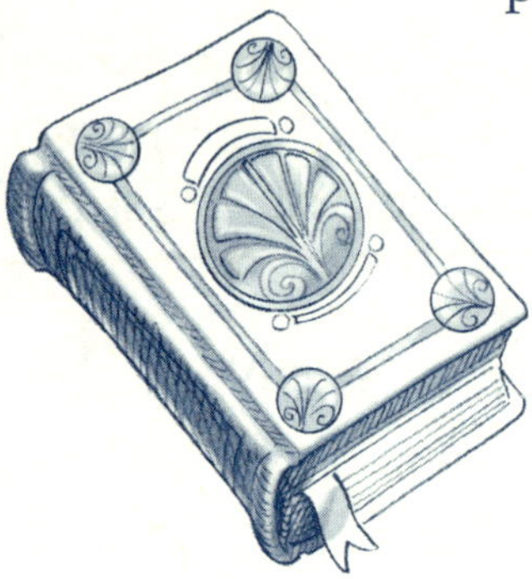

potes, va agafar el llibre que llegia cada vespre: *Petits poemes de bona nit*.

–Què fas?

Gunnar li va dur el llibre.

«El poema», va pensar Gunnar. «El poema, Nives. Vull conèixer el poema del teu pare».

–Vols que et llegeixi un poema, Gunnar?

Gunnar va fer que sí amb el cap. Va agafar delicadament la mà de Nives i la va dur pels corredors del castell, fins a la sala del tron. Hi va entrar impetuosament i la va acompanyar fins al tron.

Llavors va empènyer el llibre amb el morro.

–Gunnar...? Què...? Què em vols dir?

«El llibre de la bona nit. Somnis. Els seus somnis. El poema», pensava el llop.

Nives ho va entendre de seguida.

–M'estàs demanant el poema del meu pare?

Gunnar va grunyir.

–Però, per què?

El llop blanc va tornar a grunyir més baixet.

–Penses que... està en perill?

Ell va començar a excavar en el gel, a moure les catifes.

–Ningú no el pot haver trobat. No...

A Nives li va venir a la memòria la història que Tallia havia explicat feia unes setmanes. Havia descobert el príncep Herbert, que, a la cuina, repetia una estranya cantilena.

Una cantilena, una estrofa, un poema.

–Oh, no –va murmurar.

Sense dir res més, va sortir de la sala i, amb Gunnar enganxat als talons, va començar a pujar als pisos més alts del castell. Van pujar fins a les golfes i van passar per una porta tan petita que Gunnar gairebé no hi cabia i va haver-se d'arrossegar de panxa a terra.

Nives avançava segura, caminant de quatre grapes.

Van arribar fins a una segona porta, la van empènyer i van ficar-se dins d'una estreta galeria subterrània. Hi feia fred, allà dalt. I hauria estat completament fosc si no hagués estat per unes escletxes de llum que es filtraven a través del gel.

Nives es va aturar davant d'una placa de ferro negra collada a la paret per donar solidesa als murs del castell. Hi va donar tres cops, i va esperar un moment abans de tornar a donar tres cops més.

La placa va grinyolar lleugerament i amb un suau xerric es va obrir. Van entrar en una cel·la minúscula.

A dins era completament fosc, però al cap d'un moment van començar a distingir alguns objectes, deixats allà com una col·lecció oblidada.

Era el tresor de Nives.

–Encara és aquí... ja ho veuràs... –va murmurar la princesa. Amb mà experta va reconèixer els objectes enmig de la foscor. Va anar directament al segon prestatge començant per baix i després va palpar l'espai del seu voltant. Va tocar una capseta rodona, de pell, en forma de petit cilindre. La va agafar i la va estirar cap a ella. Amb la mà va treure la pols que la cobria.

Llavors es va mirar el seu llop:

–És aquesta. Vols que l'obri?

Ell va fer que sí.

Nives va girar la tapa rodona de la capsa, que contenia un cilindre de coure, dins del qual hi havia una làmina de plata, prima com un full de paper de seda.

–Tot és al seu lloc, Gunnar. El poema és aquí.

Gunnar va respirar alleujat i es va mig amagar al costat de la seva mestressa.

–Tenies por que no hi fos?

Ell li va posar la seva gran pota damunt de la mà esquerra. I aleshores, amb una increïble delicadesa, li va acariciar l'anular amb una urpa.

Nives va entendre immediatament què li estava dient el llop:

–El casament? Herbert? Penses que ell es vol apoderar d'aquest poema?

Gunnar es mirava el full amb els ulls brillants. No sabia què era aquell poema, però sí que era un secret. El secret del Regne dels Gels Eterns.

–Jo... jo sempre ho he sospitat, però era com si... ningú... ni tan sols les meves cosines... em cregués...

Nives es va recordar de quan l'havien seguit de nit, i de com s'havia comportat sobtadament al poble, atent i protector, com un marit perfecte. Afable i complaent. La princesa es va mirar la seva vella capseta, amb el full de paper de plata. Era el seu tresor, el més estimat i important que tenia.

–Doncs no se'n sortirà –va repetir asseguda a terra de les golfes secretes, amb el seu fidel llop blanc al costat.

Nives sabia que aquell poema era important. Sempre ho havia sabut. La *Cançó de la son* era una antiga melodia capaç de proporcionar un gran poder a aquell que en sabés les paraules. Es dividia en cinc estrofes. Cinc breus poemes. A Nives, princesa del Regne dels Gels Eterns, n'hi havia estat revelada una. Les altres estaven custodiades per les seves germanes.

Aquelles paraules, havia dit el rei, posseïen l'energia de la perfecta convivència entre els habitants del Gran Regne: animals, plantes, homes i criatures, per més fantàstiques que fossin. Però també amagaven un poder obscur, que Nives desconeixia, però que sabia que podia posar en perill el seu regne i el de les seves germanes.

Quan el seu pare havia desterrat la màgia i els encanteris dels Cinc Regnes, havia dit:

–La fantasia ens enriqueix, filla meva. La màgia, no. La màgia només és engany i falsedat. No facis servir mai la màgia.

–Oh, pare! Et trobo tant a faltar! Com m'agradaria que fossis aquí! –va murmurar Nives.

Llavors es va mirar Gunnar, i li va acariciar el pèl blanc i espès. El seu pare li havia dit que podia revelar el poema només a l'home de qui s'hagués enamorat. L'home amb el qual compartiria el tron d'Arcàndida.

–Si fossis tu aquell home, Gunnar! Si poguessis parlar amb mi! –va dir Nives, sanglotant. Ella estimava el seu llop. L'estimava de tot cor.– Escolta'm bé, Gunnar. Has de saber...

Nives es va posar a cantar en veu baixíssima unes paraules que li van venir a la memòria com les restes d'una embarcació que afloren a la superfície després d'un naufragi.

Però eren totes allà, disposades, com soldats en fila, cadascuna al seu lloc, perquè només podien funcionar d'aquesta manera. Perquè aquesta era la seva força.

Reina del son profund,
sobirana de les calmes del món.

Fantasia, jo et crido des de les terres del gel,
allibera el teu poder de tot lligam.

I condemna el tirà al seu etern dormir
perquè els Cinc Regnes puguin, amb Tu, tornar a florir.

Les va pronunciar una sola vegada, amb una gran i intensa emoció, perquè el risc que algú la sentís era massa gran. Fantasia, calma i pau.

Eren els versos de l'harmonia i del poder bo que havien de mantenir unit el Gran Regne.

–El meu pare en deia la *Cançó de la son* –va murmurar Nives, assenyalant el full de plata.

Les paraules que acabava de cantar havien estat gravades per la mà d'un orfebre.

Gunnar no ho entenia. No ho sabia, no podia saber-ho.

Gunnar sentia com el cor li bategava furiosament. I la veu d'Alifa dins del seu cap, que, des de lluny, li deia cridant:

–No pots dir a ningú qui ets! No pots!

26
L'arribada dels prínceps

El casament se celebraria al cap de tres dies.

El ritual del fred i de la lava havia estat desempolsegat dels annals conservats a la biblioteca, i Haldorr, de mala gana, s'encarregava de tots els detalls. Calia un pedestal de gel, una placa d'or amb el nom dels esposos gravat i un foc que només cremés llenya per desfer el gel.

Arla i Erla circulaven amb frenesí per la cuina, amb el seu habitual desacord sobre el que calia fer.

–Estic cansada d'haver-te de fer cas –va dir Erla més aviat alterada–. Aquesta vegada el gall dindi el faig a la meva manera. Rostit i prou!

–Fes-lo com et sembli, però no se t'acabarà de coure! –li deia Arla mirant de fer-la canviar d'idea.

–Doncs escoltem què diu madame intel·ligència... –va rebatre Erla.

Aleshores es va netejar les mans al davantal blanc, d'un blanc més pur que la neu. A diferència de la germana, el rentava cada dia, puntual com un rellotge, motiu pel qual Arla sempre li prenia el pèl.

–Que s'ha de fer bullit, òbviament.

–Bullit? Però què estàs dient... on s'és vist un gall dindi bullit!

–Oi tant que sí! La nostra mare el feia així. Però potser passava mentre tu passejaves i perdies el temps, en comptes d'estar ajudant a la cuina!

Erla era probablement la més tranquil·la de totes dues i, quan Arla estava enrabiada de veritat, no perdia l'ocasió de retreure a la germana els moments d'evasió que es prenia.

–I si així fos... almenys jo m'hauré divertit. I en qualsevol cas, no recordo haver-lo menjat mai, d'aquesta manera... bullit –va insistit Erla.

–És clar, és que no te'n devies ni adonar. Tens el paladar tan fi com la boca d'un volcà!

–Tu sempre has de dir l'última paraula, oi? Ja n'hi ha prou. Aquesta vegada m'has acabat la paciència. Ocupa-te'n tu i fes-lo com vulguis!

Dit això, Erla es va treure el davantal i el va llençar damunt de la taula enfarinada, on es va aixecar un núvol blanc. Arla va fer que no amb el cap i va agafar una gran olla per bullir el gall dindi:

–Quin escàndol!

Als estables, mentrestant, quatre pingüins raspallaven i allisaven la capa del cavall negre del príncep per a la jornada de caça. Olafur en persona li enllustrava les botes i el mosquetó de caça.

Quan tot va estar preparat, Herbert, vestit de vint-i-un botó, es va posar una capa i va sortir al pati. Duia uns pantalons de vellut blau fins als genolls i les sivelles daurades, una jaqueta amb les espatlles amples i el coll estret, tancat per nou botons daurats.

El seu vestit no lligava gens amb el Regne dels Gels Eterns, però era molt elegant. La camisa, de color de vori, acabava amb un coll alt i rígid que li donava un posat poderós. Als peus, les botes, perfectament enllustrades, es cordaven per darrere amb unes sivelles quadrades d'or que ressonaven a cada pas que feia. A la cintura, hi duia l'espasa; a la dreta, un parell de pesants guants foscos.

Herbert va saludar Nives amb una reverència dirigida a la seva finestra, va retre homenatge a la comtessa, que havia sortit a la balconada per saludar-lo, i va fer una manyagueria a les dues nebodetes que corrien pel pati xisclant divertides.

Llavors va muntar el cavall.

Nives va sentir alguna cosa que l'oprimia per dins. Quan el príncep va haver travessat la portalada i el pont llevadís el va deixar passar, la princesa va expressar el desig que no tornés mai més.

No volia que li passés res de mal. Només volia que desaparegués, per sempre, de la seva vida.

Nives va tancar els ulls.

I va pregar que el seu desig li fos, d'alguna manera, concedit.

~*~

Havien passat només unes hores des que Herbert havia marxat, quan un dels sentinelles de la muralla va anunciar l'arribada de forasters a cavall.

–Oh, Déu meu! Estan arribant els primers hostes! –va refilar la comtessa, saltant pel saló com si l'hagués propulsat una molla–. Vinga! De pressa! Els d'aquí i els d'allà! Els de dalt i els de baix! Tot ha d'estar a punt! Olafur! Olafur! On és Olafur?

Davant de la notícia de l'arribada dels convidats, Haldorr va començar a pujar amb les seves llargues cames esquelètiques fins al punt més alt de la torre de la biblioteca. Una vegada a dalt va començar a mirar, vencent el vertigen, i va exclamar:

–Per les barbes del rei! Ja són aquí! Ha arribat el moment!

Gunnar va donar ordres que no aixequessin el pont llevadís i va esperar que el petit grup accedís al pati del castell. Olafur hi va arribar amb pas lleuger.

L'arribada dels prínceps

La delegació de desconeguts va travessar el pont fent un gran estrèpit de selles i cavalls. Eren com a mínim cinquanta persones. Els homes que anaven al capdavant van descavalcar, es van mirar amb sorpresa el majordom i el llop que els esperaven i es van dirigir cap a ells.

El primer a parlar duia uns cabells llargs de color de coure i la cara del mateix color.

–Sóc el príncep Kabadi del Regne de la Sorra i vinc

com a convidat a la festa del casament de la princesa Nives –va dir amb veu decidida.

Aleshores va assenyalar una part dels homes que el seguien i va dir:

–I aquest és el meu seguici.

Olafur el va saludar amb una gran cortesia:

–Benvingut a Arcàndida, príncep Kabadi. La comtessa Berglind us espera al Saló de les Espurnes, dalt de les escales. Seguiu el pingüí que us escortarà. El vostre seguici, en canvi, que segueixi els llops, per aquesta banda, i s'instal·li al pavelló dels hostes.

Després es van anar presentant la resta de convidats. Hi havia un príncep que venia del Regne dels Boscos, i el Príncep de les Coves Encantades, del Regne de la Terra Profunda. Van arribar els bessons del Regne dels Coralls, que duien baguls de petxines, i el Príncep de les Fades, que seia damunt d'un minúscul joier volador. El Príncep dels Ogres s'excusava amb una carta de no haver-hi pogut anar, però deia que no hi havia cap nau capaç de transportar el seu reial pes d'un port a l'altre del Mar de la Fantasia.

Gunnar se sentia desil·lusionat davant de tots i cadascun dels prínceps que es van anar presentant. L'últim dels convidats, per acabar-ho d'adobar, era un noiet a qui encara no havien començat a sortir els primers pèls de la barba.

Era molt jove, amb la cabellera fins a les espatlles i una cara dolça, de músic. Havia viatjat fins allà acompanyat d'un oncle, i tutor, preocupat perquè no li passés res.

–Sóc el príncep Herbert de Lom –va dir amb tot l'orgull.

–És el seu primer convit –va explicar el seu acompanyant, amb un somriure encarcarat.

Per primera vegada a la vida, l'impecable Olafur va balbucejar, indecís:

—Ah, és clar... doncs... sigueu benvingut, príncep Herbert de Lom –i li va indicar, tremolant, l'escalinata que duia al castell.

Aquell príncep de Lom no tenia res a veure amb l'home que feia setmanes que vivia a palau amb el mateix nom.

Gunnar va començar a udolar per reunir els seus llops.

I, al cap d'uns segons, havia desaparegut.

~*~

–Ho heu sentit? Un impostor! –va exclamar Olafur, mentre entrava corrent a la cuina, cosa que no havia fet mai abans.

–Però què passa? De qui esteu parlant?

–Herbert! El príncep de Lom! No era ell! El veritable príncep ha vingut avui! I és un nen!

–Ja ho deia jo! –va exclamar Arla–. Aquell pet presumit!

–Com? Què deies, tu? Si tu no has dit mai res!

–Erla, sisplau! Sempre he dit que aquell personatge no m'agradava gens!

–Però si estaves disposada a tirar-te-li als peus a cada mirada!

Les dues cuineres van estar discutint una estona entre elles i després es van recordar del majordom i d'aquella notícia inesperada.

–I la comtessa? I el casament? I Nives? Què diuen? Què fan? Què hem de fer, nosaltres? –van preguntar com a metralladores.

Olafur va negar amb el cap. No sabia què fer:

–Són al saló, a baix i... no ho sé. Em sembla que... estan parlant i, potser...

Arla va anar fins a l'altra banda de la porta de mirall de la cuina, per poder sentir-hi millor.

–Sento la veueta de la petita comtessa Thina.

I al cap d'un moment, al primer crit ensordidor:

–I també la de la germana, Tallia.

Els tres servents es van estrènyer els uns contra els altres, per escoltar. Al cap d'una estona es van mirar, estupefactes.

–M'equivoco... –va comentar Olafur de sobte–... o estan rient?

~*~

El majordom no s'equivocava.

La comtessa, Nives i les dues cosinetes reien com boges.

S'havien trobat a l'avantcambra del Saló de les Espurnes, on els convitats a la recepció esperaven conèixer-les, i estaven decidint com es comportarien.

–La pregunta és... –repetia la comtessa, frenètica i incomodíssima–... qui ha convidat aquest nou Herbert de Lom?

El bibliotecari Haldorr, emergint de vés a saber on, no va dubtar a dir:

–He estat jo, comtessa.

–Tu? –va preguntar Nives, sorpresa.

Estava eufòrica, espantada, i terriblement feliç.

–Haldorr! Però no tenies permís! Has... has desobeït! –va dir la comtessa amb veu de tro.

El bibliotecari va acotar el cap i va murmurar:

–Em sap greu, comtessa, però ho havia de fer.

–I per sort ho has fet! –va dir Nives, exultant i abraçant-lo. La comtessa es va mirar Haldorr de reüll, per fer-li entendre que haurien hagut de parlar en privat del tema. De tota manera, va decidir no castigar-lo.

–Sííííí! –va xisclar aleshores Tallia, feliç que hi hagués algú altre que pogués desobeir sense ser castigat.

–Quina notícia! Però quina notícia! –va exclamar, en canvi, Thina, que adorava aquesta mena d'intrigues–. I ara tu t'has de casar amb aquest Herbert? O amb l'altre?

–Amb cap dels dos, espero! –va dir rient Nives. Després es va mirar la tia, alarmada:– Oi que no?

–No ho sé... a les invitacions... no hi havia el nom del nuvi. O potser sí. Oh, Déu meu! No me'n recordo! Aviseu Olafur! –i, dit això, es va desmaiar amb una precisió mil·limètrica damunt del sofà de la sala.

Thina va sortir corrents a cridar el majordom, mentre la seva germana, fent l'ullet a Nives, li va confiar:

–Em sembla que t'has deslliurat d'una de bona.

Nives no les tenia totes.

–Sí. M'he deslliurat d'una de bona, però... potser encara no s'ha acabat del tot.

De seguida la nena es va posar seriosa.

–Què més pot passar?

Nives va anar corrents cap a la finestra:

–No ho sé. Però el fals príncep Herbert encara és allà fora, i lliure...

–I Gunnar i els llops li trepitgen els talons! No se'n sortirà! –va dir la nena, rient.

Nives va pensar en les nits sense poder dormir que l'havien deixada exhausta, en la tempesta de neu, en l'horripilant gruny de Calengol quan l'ofegava damunt del seu llit, en els corbs rojos i en tot l'horror que havia hagut de passar fins a aquell moment.

–Sí, Gunnar és amb ell... –va repetir, acostant-se a la finestra–. El meu estimat Gunnar...

I va procurar treure's del cap una desagradable sensació.

27

La caça

Els llops van localitzar ràpidament les petges del fals Herbert i del seu cavall. Encara eren fresques i fàcils de distingir. Es dirigien al nord, als primers turons.

Les petges seguien una línia recta, eren les d'algú que caminava segur d'ell mateix, en una direcció ben precisa. Més endavant, les petjades de les peülles es feien més confuses, com si el príncep hagués pres diverses decisions sobre el camí que havia de seguir. Quan els turons van començar a ser més alts, i l'estrat de gel i terra tova que els cobria es va convertir en un terreny pedregós, les petges van desaparèixer. Seguint les ordres de Gunnar, els llops es van dividir per poder escorcollar una àrea més àmplia.

Gunnar corria, amb el morro arran de terra, atent al més petit rastre que Herbert hagués deixat. Roques, gel, trossos de pedra, arrels, res no li feia alentir el pas.

«No permetré que tornis a Arcàndida», pensava Gunnar. «No tornaràs a fer mal a Nives».

De lluny, es va sentir un udol.

Gunnar es va aturar i va desfer els seus passos. Un dels llops havia distingit una petjada a l'altura del Tronc Negre, l'esquelet d'un antic arbre centenari del Bosc Fulminat, caigut víctima d'un llamp.

Com a resposta de l'udol, de les branques més altes del Tronc Negre alguns ocells van emprendre el vol.

Gunnar els va reconèixer.

Eren els corbs rojos.

~*~

El Tronc Negre era al bell mig de l'encreuament de quatre camins.

Observant l'única petjada que havia deixat damunt del terreny una peülla de cavall, i la direcció que assenyalava, Gunnar va decidir que seguiria un traçat incert que tallava en dos el sender cobert de gel, a l'esquerra de l'arbre, i pujava cap amunt. Si no li fallava la memòria, al final d'aquell sender hi havia un petit altiplà, tancat per una conca de muntanyes rocoses, al voltant d'un gran llac gelat.

Va ordenar als altres llops que continuessin pels tres senders que tenien al davant.

Els animals se'l van mirar per preguntar-li quants l'havien d'acompanyar fins al llac. Gunnar va respondre que només hi aniria ell, i després va mirar la posició del sol. No quedava massa estona perquè el príncep hagués de donar la volta amb el seu corser i tornar cap a Arcàndida.

Si no és que d'una manera o altra hagués estat advertit de l'arribada de l'altre Herbert de Lom, i hagués decidit, justament per això, no tornar.

En aquell cas, deixar passar una nit hauria significat perdre'l per sempre.

No quedava, doncs, massa temps per trobar-lo.

«Som-hi, doncs», va pensar Gunnar.

Les formes punxegudes de les pedres del sender se li clavaven a les potes, però a Gunnar no l'amoïnava gens. Galopava al límit de les seves forces, amb tota la potència que el seu cos podia alliberar. En menys d'una hora va arribar a l'altiplà i al llac gelat. La primavera havia començat a fondre el mirall que el cobria: les ribes del llac tremolaven de l'aigua alliberada pel gel, damunt de la qual es reflectia la llum del sol.

Gunnar va ensumar l'aire.

Líquens i herbes humides que creixien en aquell terreny. Se sentia una olor d'animal. Semblava la d'un cavall.

Es va ajupir amb la panxa arran de terra i va començar a baixar cap al llac. El príncep havia passat per allà.

Quan va arribar a la riba, es va aturar. Al voltant del llac gelat començaven a despuntar brots de les herbes típiques dels pantans, que s'enfonsaven en la terra negra i fangosa. Núvols d'insectes s'alçaven de terra en eixams i la cua de Gunnar no donava l'abast a apartar-los dels seus ulls.

L'olor de la terra dominava totes les altres i Gunnar va mirar inútilment de seguir el rastre del cavall de Herbert.

Va estar molta estona buscant, entre el fang, senyals de peülles o de botes. Res de res.

«Per què t'amagues, príncep Herbert?», es va preguntar el llop, mirant al voltant. «I què has vingut a fer aquí? Per què en aquest bosc?».

Temps enrere, quan encara existia el gran bosc, al Regne dels Gels Eterns hi havia molts més animals: cérvols, caribús, esquirols blancs, ocells que ponien tota mena d'ous, petits predadors. Fins i tot hi havia alguns óssos grisos. Però actualment l'altiplà era un immens no-res de gel. Dels pocs rens que havien sobreviscut, se'n cuidaven els homes del poble.

I pel que feia als ocells... ocells..., va observar Gunnar.

Li havia semblat entreveure un batec d'ales cap al fons del llac, allà on el gel es fregava, com si fos una llengua de serp, contra les roques.

Més ben dit, estava gairebé segur d'haver vist dos

corbs emprendre el vol des de darrere d'un petit grup de roques negres.

«Corbs? Aleshores tenia raó Haldorr...».

El llop blanc es va tornar a posar en marxa, mentre el sol, a poc a poc, començava a pondre's.

El tret del mosquet va ressonar per tota la vall en el moment en què Gunnar passava les roques negres.

El llop blanc estava tan concentrat en les petges i en la pista que havia de seguir, que s'havia oblidat completament que el príncep anava armat.

Instintivament va saltar cap a un costat, però no va ser prou ràpid. Un núvol de dolorosíssimes agulles se li va clavar a la pota del darrere, el va tirar a terra i gairebé el va deixar sense respiració.

El príncep Herbert l'havia ferit!

Es va quedar a terra, immòbil. Després, com que no va passar res més, va mirar de moure la pota ferida. Lentament, es va aixecar. Però es va adonar que no era capaç ni tan sols de posar la pota a terra.

El segon tret no el va tocar pels pèls. Gunnar va sentir com les pedres del costat havien sortit volant i com petites estelles li havien anat a parar al morro.

Va avançar fent tentines, movent-se amb dificultat amb la pota ferida. Llavors va sentir un batec d'ales damunt seu. Gunnar va alçar la mirada entre les roques i, finalment, el va veure.

Amagada per les grans roques que havien lliscat muntanya avall, hi havia la boca d'una gruta. Un núvol de corbs voleiava al davant, tot envoltant el príncep Herbert.

L'home es recolzava en el mosquet com si fos un bastó.

–Quina mala sort, eh, Gunnar, que t'hagin ferit justament ara, oi? –va dir amb la veu prou alta perquè el llop el sentís–. Diria que et fa molt mal...

Gunnar es va arrossegar cap endavant, grunyint.

–Benvingut a la cova de... com li dèieu, vosaltres, els del castell? Calengol? Calengol! –el príncep Herbert es va posar a riure–. Jo li deia... el meu estúpid servent.

Gunnar va poder arribar a una roca que el protegia i, a poc a poc, s'hi va ajupir darrere, panteixant intensament.

La pota del darrere va començar a tenyir-se de vermell.

–Ah! Quantes nits he deambulat pel castell buscant el millor camí per poder arribar fins a la cambra de Nives. Per conèixer els passadissos, els murs més fàcilment escalables! Un pla perfecte...

Els corbs voleiaven agitadament al voltant de Herbert.

–Fora d'aquí, corbs! Fora d'aquí! No sóc el vostre amo! El vostre amo és mort!

Gunnar va mirar la boca de la gruta des de darrere del seu refugi. Feia la sensació que als corbs no els agradava gens la intromissió del príncep.

–Només he comès un gran error –va continuar novament Herbert, quan els va haver allunyat–. No desferme de seguida del fidel llop blanc de la princesa! Però ara, com veus, estic a temps de posar-hi remei!

El príncep va llençar el mosquet, ara ja inútil, a terra i va agafar l'espasa.

Aleshores va començar a baixar per entre les roques.

–No he estat mai gaire bo amb l'espasa... –va continuar dient en veu alta–. El meu pare sempre m'ho deia. Però... què estic dient? Si ni tan sols l'he conegut, el meu pare. I saps per què, llop? Ho saps? Perquè hi va haver algú que ho va impedir! Algú molt... molt... poderós.

Les pedres cruixien sota les botes del príncep mentre la pota de Gunnar bategava dolorosament.

–On t'amagues, llop maleït? Sé que t'he ferit! Per què t'amagues? Surt si ets valent!

Gunnar va tancar els ulls. Començava a notar que el cap se li emboirava. No s'havia imaginat que tot plegat pogués acabar d'aquella manera.

Fent un gran esforç, es va posar dret i va sortir al descobert.

Tenia el príncep Herbert a deu passos, amb l'espasa a la mà, lluent i freda sota la llum del sol.

Gunnar ja l'havia vist lluitar amb Calengol, sabia que Herbert era fort. Ell, en canvi, se sentia cada vegada més feble.

–Fantàstic, llop maleït. Fantàstic... –va exclamar el príncep–. Acabem d'una vegada. D'home a home.

«Exactament», va pensar Gunnar. «D'home a home».

I li va saltar al damunt.

El príncep va fer un bot cap a una banda, esquivant la urpada. Quan va tocar a terra, la pota ferida de Gunnar li va produir un dolor tan intens que per uns moments li va deixar l'esquena completament rígida. Herbert el va envestir amb l'espasa i l'hi va passar a frec de les orelles. Gunnar el va esquivar, es va fer enrere i li va tornar a saltar al damunt.

Però novament va fallar. Era massa lent. El príncep es movia molt ràpid.

Havia de saltar i abraonar-se sobre ell amb totes les seves forces. Havia de girar al seu voltant, buscar el millor moment.

Gunnar havia de ser ràpid. Més ràpid.

La seva mirada s'emboirava, mentre el príncep, davant seu, reia.

–Vinga! Acosta't!

Gunnar el va atacar amb el cap cot. El príncep el va tocar. Les potes del llop es van aferrar amb ràbia a la sivella de la bota dreta.

Però Herbert va aconseguir desfer-se de les potes de Gunnar, que, tot seguit, va saltar damunt de Herbert fet una fúria, amb les últimes forces que li quedaven.

Però una vegada més Herbert va saber reaccionar.

Una envestida, una segona i una tercera. Gunnar va esquivar tots els cops. Només un li va fregar la pota ferida. El llop es va fer enrere, confós per com n'era de ràpid. La pota ferida li pesava com un tronc i això li va fer perdre l'equilibri. Un instant abans el llop estava dempeus preparat per combatre amb Herbert, i a l'instant ja era a terra, damunt del gel, incapaç de moure's.

El príncep se li va abraonar com una ombra negra, l'espasa aixecada contra el cel, disposada a atacar.

I ho va fer. Tot s'havia acabat.

Gunnar va agitar les potes per mirar d'aturar l'arma, però de seguida va veure que no tenia cap possibilitat de salvar-se.

Va pensar en Nives.

En el Regne dels Gels Eterns.

En la *Cançó de la son*.

Somiava que un dia la podria abraçar.

I... va esperar que li arribés la mort.

Però els corbs van precipitar-se sobre l'espasa del príncep i la mà que l'empenyia. Els sis corbs rojos de Calengol el van subjectar amb força pels guants i els dits.

El príncep va cridar, endut més per la sorpresa que no

pas pel dolor, i va acabar deixant caure l'arma. L'espasa va anar rebotant per les roques, mentre els corbs voleiaven, embogits, al seu voltant.

Gunnar es va girar i es va posar dret, mirant com els ocells de Calengol es venjaven de tot el que ell havia fet al seu amo.

El van atacar, tots en grup, i van picotejar-li mans i braços.

–Marxeu d'aquí, bestioles! –cridava Herbert.

Llavors, mentre el príncep buscava l'espasa al seu voltant, des del llac gelat va arribar el so d'un udol molt fort, que va retronar per tota la vall i va ressonar dins la cova.

Els llops d'Arcàndida havien sentit el tret del mosquet i estaven a punt d'arribar.

El príncep Herbert ni tan sols va intentar reprendre el duel.

Es va girar cap a les roques i va començar a escalar-les, en direcció a la boca de la cova.

Gunnar va udolar un crit de cacera, un crit enterrat des de feia anys dins del seu instint de llop, i el va seguir, coixejant.

Els corbs volaven enfollits, mentre els altres llops blancs de la Guàrdia d'Arcàndida galopaven al voltant del llac glaçat. Davant de l'entrada de la cova, damunt de la terra compacta, hi havia dibuixada una estranya figura. Era un cercle, com un sol. Enmig del cercle hi havia un bastó.

Quan Gunnar va arribar a la cova arrossegant la pota, ja inservible, el príncep Herbert havia recuperat la seva espasa i havia pogut muntar el seu cavall negre. Havia

obert una de les butxaques de les alforges per agafar una petita capsa plena de forats, i amb la capsa va córrer cap al cercle.

Gunnar gairebé no sabia res dels antics encanteris que s'utilitzaven als Cinc Regnes, abans que aquells immensos territoris a la frontera del Regne de la Fantasia fossin dividits pel pare de Nives per poder-los governar en pau. I no sabia que la màgia havia estat bandejada i els bruixots expulsats.

Però sabia que era viu gràcies a l'encanteri de la dona que vigilava el volcà, que l'havia transformat en llop. Sabia que la màgia continuava existint. Una màgia bona. Una màgia que protegia la vida.

De la mateixa manera que sabia aquestes coses, intuïa que Herbert se servia d'una altra mena de màgia. Una màgia que consumia el món.

Sabia que aquell cercle a terra era un dels seus encanteris. El mateix que havia provocat la tempesta de neu i que li impedia dormir a les nits.

El mateix que obligava Nives a somiar amb ell.

Gunnar va córrer tan de pressa com les seves potes l'hi van permetre.

El príncep va saltar dins del cercle uns segons abans que Gunnar el pogués atrapar. L'home que es feia dir

Herbert de Lom va agafar el bastó i el va alçar. Gunnar va saltar-li a sobre.

–De moment, adéu! Però tornaré a recuperar el que és meu! –va cridar Herbert abans de desaparèixer.

Gunnar va sentir que el seu pèl de llop es cremava. Va clavar una unglada al no-res i va rodolar per terra entre la pols.

El príncep, el bastó i el cercle havien desaparegut.

Només en quedava un subtil fil de fum i l'olor agra del mantell blanc del llop, cremat per una sobtada escalfor.

Havia desaparegut.

El príncep de Lom havia marxat del Regne dels Gels Eterns de la mateixa manera que hi havia arribat.

Els corbs xisclaven fent uns sons estridents, les siluetes dels llops blancs van aparèixer davant de l'entrada de la gruta.

I va ser l'última cosa que Gunnar va veure.

28

El príncep

A Arcàndida ningú no els va anar a rebre. La portalada era tancada. La part baixa del castell era fosca i buida, com una pallissa abans de la tempesta. A les estances més altes del palau se sentia música de ball. Els invitats estaven celebrant una festa.

Els llops van entrar al pati del castell com si fossin fantasmes. Van arrossegar el cos de Gunnar fins a un lloc resguardat i van seure al seu voltant, extenuats.

Van esperar, pacientment, tot i que tenien molta gana.

Aquella nit, però, Olafur no va fer acte de presència. Semblava que ningú no es recordava d'ells.

De sobte es van sentir uns passos que venien de les

escales de servei. Algú baixava els esglaons molt de pressa. Els llops blancs van alçar el cap. Era la princesa Nives.

–Nooo! –va cridar quan va veure el cos de Gunnar ple de sang i estès entre els altres llops–. No, Gunnar, no pot ser! Digueu-me que no és veritat!

Els altres llops, com a resposta, es van acostar més al seu cap. Nives es va ajupir i li va alçar el morro. Gunnar tenia els ulls clucs, la boca mig oberta, la llengua li penjava.

–Oh, no, Gunnar! No! No pot ser! No pot ser! –va cridar Nives, desesperada.

El morro del llop semblava cremat pel foc. I la pota del darrere estava envoltada d'una crosta de sang fosca. Nives va sentir un gran vertigen. Era mort?

–Desperta't, Gunnar! Gunnar!

La música que venia de les estances superiors es va aturar de cop. Es van obrir moltes finestres. La claror de les espelmes i dels llums d'oli retallava ombres d'homes i dones. Es va produir un moviment imperceptible i darrere de la princesa va aparèixer la figura rígida d'Olafur.

El majordom es va ajupir damunt del llop i el va observar amb calma.

–És viu, princesa.

Per a Nives va ser com despertar d'un malson.

Tots els músculs se li van relaxar. Va observar atentament el cos de Gunnar. El majordom tenia raó: el seu gran pit pujava i baixava, lentament, molt lentament.

Però, aleshores, per què... no obria els ulls?

–Està ferit. I molt cansat, princesa –va respondre Olafur. Aleshores, fent un senyal, va enviar alguns dels cambrers pingüins a cridar els metges de la cort.– Ara ho arreglarem tot, ja ho veureu.

Nives, una mica més animada, va agafar el cap del llop i se'l va posar damunt de la falda.

–No em deixis, Gunnar. Ho has entès? –va continuar

dient-li en veu baixa–. Ara tot s'arreglarà, d'acord? Tot tornarà a ser com abans. Les nostres corregudes, el nostre arbre, els nostres secrets...

Mentre li parlava, la princesa va començar a plorar. Unes grans llàgrimes van començar a caure damunt del cos de Gunnar.

–El nostre secret... a les golfes... –continuava murmurant i plorant la princesa–. El poema que et vaig llegir, recordes? El poema del meu pare. Em va dir que només el revelés a l'home que estimava. I jo... jo t'estimo a tu, el meu dolç Gunnar.

Les llàgrimes queien, amb la força dels estels fugaços. I mentre queien damunt del llop blanc, alguna cosa va començar a passar. Primer se'n van adonar els altres animals, que lentament es van anar apartant. I esbufegaven, espantats.

Gunnar, entre els braços de Nives, a poc a poc s'anava fent més petit. El pèl se li consumia, com una tela menjada pel sol. Les potes s'encongien i al seu lloc s'hi van començar a veure mans i peus.

Quan fins i tot Olafur se'n va adonar, va perdre del tot el control i va exclamar:

–Per tots els déus del cel!

I al cap d'un moment es va desmaiar.

Nives, en canvi, no veia res. De les parpelles mig tancades baixaven llàgrimes que mullaven el seu llop i recordaven cadascun dels moments que havien passat junts.

–Desperta't, t'ho prego, Gunnar. Desperta't... –repetia, sense deixar de fer-li carícies al cap, a les llargues orelles, al nas...

Finalment, Nives es va aturar i va obrir els ulls.

Tenia entre les mans la cara d'un jove molt atractiu.

En aquell mateix moment, el jove va obrir els ulls i la va mirar.

Era ell. El seu millor amic, el company d'aventures, que sempre havia estat al seu costat. Nives, sense dubtar-ho gens, hi va reconèixer la mirada serena i protectora que sempre l'havia emparada.

Era Gunnar, el seu gran llop blanc.

Nives no va aconseguir dir res, però Gunnar sí.

–Us estimo, princesa... –va dir el jove.

–Però... Gunnar, tu ets...

–Sí –va respondre ell–. I sempre us he estimat.

...i així acaba la història de la princesa Nives.

Probablement voldreu saber què va passar després. És molt senzill.

Es va celebrar el casament que la comtessa Berglind feia tant temps que esperava. Ja estava tot a punt. Hi havia els convidats. I, finalment, Nives havia trobat, encara que hagués estat a l'últim moment, el seu príncep. Si hem de dir la veritat, com deien les cuineres del castell, l'espòs no era un autèntic príncep, però com podien fer enfadar Nives? Gunnar estava tan esplèndid...

Durant la cerimònia, i d'aquell dia en endavant, l'home que havia estat llop anava amb bastó, a causa d'una ferida a la cama. Mantindria viu fins al final dels seus dies el record del combat amb el príncep Herbert.

Ningú no sap exactament què va ser el que el va fer tornar home. Potser les llàgrimes d'amor de Nives van desfer l'encanteri, potser Gunnar estava tan pròxim a la mort que el seu pacte amb Alifa, la vigilant del volcà, ja no tenia cap valor.

O bé, com va pensar Nives durant molt de temps, va ser gràcies al poema del seu pare, que li havia llegit a les golfes secretes del castell. Un poema que recollia l'antic poder de la Fantasia i dels somnis que sempre es poden fer realitat.

De totes maneres, aquella estranya primavera a Arcàndida ha deixat molts misteris pendents de ser explicats. Misteris que ni els milers de llibres de Haldorr, ni la prodigiosa memòria del jardiner Helgi podrien haver resolt. Sortiran altres històries. Les històries de les germanes de Nives, que encara no coneixeu.

Però hem de tenir paciència. Cada cosa al seu moment. Ara és el moment de gaudir de la festa d'Arcàndida i del casament de la princesa Nives.

Escolteu. No us sembla que sentiu Arla i Erla discutir sobre la fruita confitada? Vosaltres a qui donaríeu la raó? A Erla, que la vol servir amb nata, o a Arla, que la vol ruixar amb suc de gessamí?

Mireu per última vegada, si voleu, abans que el teló caigui damunt del Regne dels Gels Eterns: aquella figura encorbada, allà a la dreta, la reconeixeu? És Helgi, que s'ha posat el seu vestit de cerimònia i va repetint a tots els que passen pel seu costat que aquesta sí que és una festa de casament! Una autèntica festa!

I més avall, darrere les cortines de plata, no veieu com s'hi amaga Thina? Tallia, en canvi, acaba de fer caure una tassa de te. Tapeu-vos les orelles perquè em temo que d'un moment a l'altre començarà a xisclar.

És millor que ens n'anem de puntetes, de la mateixa manera que vam entrar, i ens enduguem les nostres certeses: l'amor de Nives i Gunnar és un veritable amor, d'aquells que els envejosos diuen que només existeixen als contes.

Per sort, això no és un conte, és Fantasia. I la Fantasia, com bé sabeu, existeix de veritat.

Ara m'acomiado de vosaltres: ens tornarem a veure al pròxim Regne!

Tea Stilton

ÍNDEX

Introducció 7

PRIMERA PART

1. El convit secret 13
2. La princesa Nives 18
3. El Gran Arbre 25
4. Grans preparatius al castell 32
5. Els corbs rojos 38

6. Una amarga sorpresa 48
7. Una tria obligada 53
8. Una visita inesperada 65
9. El príncep Herbert de Lom 70
10. La tempesta de neu 78
11. Una relació difícil 88
12. El somni 94
13. Passos en la nit 108
14. El secret de Tallia 117
15. El pla de Nives 128
16. La trampa 137
17. Fora la màscara! 148
18. Ambient tens a palau 157
19. Una cursa extenuant 166

20. L'escarabat blau cobalt 176
21. L'aliança 181
22. El rescat del príncep 191

SEGONA PART

23. Un costum cruel 199
24. De visita 215
25. La tornada a Arcàndida 226
26. L'arribada dels prínceps 238
27. La caça 250
28. El príncep 266

Conclusió 273

PROVA DE COMPRA
TEA STILTON
LA PRINCESA DELS GELS

GRAN REGNE
Fortalesa dels Reis
Roca de la Son
Illa Errant
REGNE DELS BOSCOS
REGNE DE LA TERRA PROFUNDA